大英图书馆

·侦探小说黄金时代经典作品集·

圣诞老人疑案

THE SANTA KLAUS MURDER

[英] 梅维斯·多里尔·海　著

邓宁欣　译

中国青年出版社

英国警衔说明

由于"侦探小说黄金时代"系列小说的故事发生地主要在英国，书中机警睿智的侦探也以英国警察为主，所以在读者阅读本书之前我们先对英国的旧时警衔和称呼做一些简略介绍，以便读者更好地理解小说背景。

英国的旧时警衔主要分为5等（从高到低）：

警察总监（Chief Constable）；

警司（Superintendent）／总警司（Chief Superintendent）；

督察（Inspector）／总督察（Chief Inspector）；

警长（Sergeant）；

警员（Constable）。

伦敦以外地区的警署还有以下几种职级（从高到低）：警察局长（Chief Constable）、警察局副局长（Deputy Chief Constable）、助理警察局长（Assistant Chief Constable）。

另外，对于担任刑事调查部门或其他某些特别部门职务的警务人员，一般会在他们的职级之前加有"侦探（Detectives）"前缀，本书中译为"警探"。此类警务人员由于职责性质特殊，所以一般不穿制服，而着便衣执行任务。

在警务人员的升迁或训练等临时过程中，他们的职级还会加有"实习（Trainee）""临时（Temporary）""代理（Acting）"的前缀。

目 录

故事中的人物

奥斯蒙德·梅尔布里爵士：居于霍姆郡法莱克斯米尔庄园

乔治·梅尔布里：奥斯蒙德爵士的儿子

帕特里莎：乔治的妻子

乔治和帕特里莎的子女：伊妮德，9 岁

吉特，8 岁

克莱尔，5 岁

希尔达·温福德：奥斯蒙德爵士的大女儿，寡妇

卡罗尔：希尔达的女儿

伊迪斯（迪迪）：埃文施特夫人，奥斯蒙德爵士的二女儿

大卫·埃文施特爵士：伊迪斯的丈夫

艾琳娜·斯蒂克兰：奥斯蒙德爵士的三女儿

戈登·斯蒂克兰：艾琳娜的丈夫

艾琳娜和戈登的子女：奥斯蒙德，6岁

安妮，4岁

珍妮弗：奥斯蒙德爵士的小女儿

米尔德里·梅尔布里小姐：奥斯蒙德爵士的姐姐

奥利弗·维特科姆：法莱克斯米尔庄园的客人

菲利普·切利顿：另一位客人

格蕾丝·波蒂珊：奥斯蒙德爵士的秘书兼管家

亨利·宾汉姆：奥斯蒙德爵士的司机

帕金斯：奥斯蒙德爵士的男仆

约翰·亚什莫尔：法莱克斯米尔庄园的前任司机

哈尔斯托克上校：霍姆郡警察局长

卢斯顿督察

克鲁肯先生：奥斯蒙德爵士的律师

肯尼斯·司道尔：演员

第一章

法莱克斯米尔庄园的一家人

菲利普·切利顿　书

　　我和梅尔布里家的小女儿珍妮弗自小时候在法莱克斯米尔花园一起爬树、搭棚屋的时候就认识了，对他们一家人很了解，就尽可能详细地写下他们家人的过去，因为有必要了解1935年圣诞节期间法莱克斯米尔案发生时的大致情况。当天我已和珍妮弗订婚三个月，但她父亲不愿祝福我们，因此没有公开我们订婚的消息。幸好他并没有闭门不见。约19年前，当他的大女儿希尔达与一位年轻的艺术家相爱时，他摆出了一副严父做派。希尔达私奔了，据说是她母亲默许的。所以这次他使出了新招。

　　他似乎认为我是个穷小子，珍妮弗很快就会"看穿我"，尤其是把我和另一位更合适的追求者放在一起对比的时候。所以他并不把我们的订婚当一回事，笑话我们还年轻，不知道自己想要什么，总是说不论如何我们都得等一等，说珍妮弗得在家陪伴父亲共享天伦之乐，她不可能想离开家，等等。与此同时，他鼓励奥利弗·维特科姆来家里做客，让奥利弗亲近珍妮弗。

我与奥利弗一起上过学，虽然他电影明星似的外表让我觉得很不自在，但我一直认为他是个不错的小伙子。有人觉得有着如此完美的外形、一丝不苟的卷发、自然得如此不自然的男人一定有什么问题。当然，奥斯蒙德爵士鼓励他抓紧行动，让他出风头，把他当成一条聪明听话、训练有素的狗，这些做法营造出一种十分紧张的气氛。我觉得奥利弗和我都努力不去在意这点，可当我在法莱克斯米尔碰到他的时候还是觉得特别尴尬。这就是奥斯蒙德爵士的典型作风，简直就是制造尴尬的天才。我可以在不到24小时内在原本无比和谐的人群中引发羡慕、仇恨和尖酸的情绪来支持他。

珍妮弗是唯一一个和他一起住在法莱克斯米尔的子女。这幢坚固、宏伟的宅子是由奥斯蒙德的曾曾祖父建造的，他当时嫌伊丽莎白时代的房子太过时而狭小，就把它拆除了。我觉得这栋房子像18世纪的作品，但奥斯蒙德爵士认为它是一座气派的老乔治亚风格别墅。

奥斯蒙德爵士的父亲赌马输了太多钱，当年轻的奥斯蒙德开始做生意、震惊全家的时候，有传言说他想卖掉房产。后来他靠饼干生意赚到一笔很可观的收入，家人发现做生意——当然是制造业——其实是挺受人尊敬的行业，最厉害的人都做起了生意，人们不应该为运用自己的才智而羞愧，诸如此类。奥斯蒙德在父亲早逝时放弃了被饼干生意束缚的念头，他无意把自己中产阶级职位得来的财富分给那些过着绅士生活的兄弟和叔叔。他在周密计划后捐了一些资产，及时保住了渴望的准男爵爵位。他在老房子里装了电灯并建了豪华的浴室，工作完成得很不错。他还跟孩子们说，如果嫁娶得当，会给他们一笔数目可观的钱。

他的计划在希尔达19岁嫁给画家卡尔·温福德的时候看来并不奏效。我猜要是希尔达等卡尔成为知名的伟大画家再结婚的话，他就不会反对希尔达订婚了。奥斯蒙德甚至会付他佣金，让他介绍其他成功的画家来。可希尔达陷入了爱河，不想屈服于这样的交易。卡尔大概三年后死了，留给希尔达一个女婴和一大堆画。艺术评论家们已经注意到了卡尔，他的死让他的画价值暴涨，在战争结束，大家都有钱的时候，这给了希尔达很大帮助。她在教育女儿卡罗尔方面下了很大功夫，父亲并没有给予任何帮助，只是偶尔邀请她和孩子来法莱克斯米尔小住。

奇怪的是，原本是父亲最爱的希尔达还是很爱他的。虽然很不可思议，但毋庸置疑。现在她应该接近40岁了，看起来也像这个年纪的人，大概是因为她经历的那些困难。她会说："我了解父亲的观点，老人不会明白年轻人不能等。"除此之外绝不多言，让人觉得她一直很了解自己，不论年纪大小。我敢肯定她一定觉得特别心酸，父亲连区区几百镑的学费都不愿为她现在已经18岁的女儿卡罗尔出。卡罗尔特别想成为一名建筑师，这笔庞大的费用超出了希尔达的承受范围。

希尔达结婚4年后，也就是1920年，梅尔布里夫人去世。当年我11岁，只记得她是一位可爱、慈祥的人。她看上去比我大部分朋友的母亲更老一些，却远没有那么挑剔，不会故意刁难别人，更容易让人向她倾诉。她把自己私房钱的三分之二给了希尔达，其余给了珍妮弗，似乎她当时就知道另两个听父亲话的乖乖女——伊迪斯和艾琳娜——会得到父亲的奖赏，而珍妮弗为了逃出奥斯蒙德爵士的专政，哪怕只得到一点点帮助都会很高兴。

梅尔布里夫人去世后，奥斯蒙德爵士未婚的姐姐搬到法莱克斯米尔长住并主持社交活动。社交活动是非常重要的，因为要给当时17岁的伊迪斯和年纪更小的艾琳娜挑选如意郎君。乔治当时只有21岁，已经有了一位贤妻。米尔德里姑妈的工作做得十分到位。伊迪斯，大家更常叫她迪迪，在家人热烈而又克制得恰到好处的祝福下嫁给了大卫·埃文施特爵士，家里一片喜庆。不过他们虽然现已结婚10年，却没有孩子，奥斯蒙德爵士对此十分不满。迪迪说他们无力抚养，意思是无法负担每年在基茨比厄尔、夏纳和苏格兰的来回奔波。奥斯蒙德威胁说如果不生孩子就要把他们从遗嘱中除去。他认为应该要"优育"，也就是说梅尔布里家的人要努力平衡无用之人抚育太多后代。有传言说大卫爵士的家族有某种精神病，伊迪斯怕会遗传给孩子。我不知这事是真是假，不过只有充分的理由才能让她放弃奥斯蒙德爵士的遗产份额。

三女儿艾琳娜嫁给了戈登·斯蒂克兰，一位在市里算是有头有脸的人物。艾琳娜总有一种不会做错事的本领。当戈登·斯蒂克兰被精明的米尔德里姑妈请来法莱克斯米尔，奥斯蒙德爵士发现他是一位如意郎君时，艾琳娜对他献了殷勤，不出预料地接受了他的求婚，对他有了还算过得去的爱意。她生了个儿子，所有人立刻认定他是个"彻头彻尾的梅尔布里"，为他取名为奥斯蒙德。她还生了个女儿安妮，大家都觉得她以后会出落得和外婆年轻时一样亭亭玉立。艾琳娜总是认识对的人、穿对的衣服、参加对的活动，所有这些花销却都比伊迪斯少。

奥斯蒙德爵士唯一的儿子乔治娶了肯多勋爵的女儿帕特里莎。这个姑娘身价不菲，带着甜腻的妩媚，所到之处都能扬起一股大小姐的骄矜之气。奥斯蒙德爵士认为她做儿媳是再合适不过了。乔治和帕特里莎生了三个儿女，在成长过程中被灌输了自己是社会精英的思想。

　　米尔德里姑妈在心满意足地解决了奥斯蒙德的儿子和两位女儿的婚事后，于1931年珍妮弗成年时被人从法莱克斯米尔请走了。珍妮弗并没有插手此事，虽然米尔德里姑妈总怀疑她插了一脚。米尔德里姑妈依旧摆出一副假惺惺的"这是我的建议，不指望你会听"的谦卑态度，但珍妮弗习惯了她的做派，而且也很希望她能留下来陪伴奥斯蒙德爵士，因为他总是希望自己不忙的时候能有家人在身边陪他说说话。

　　米尔德里姑妈离开的主要原因或许是波蒂珊小姐，希尔达和珍妮弗叫她"波浪"。格蕾丝·波蒂珊是奥斯蒙德爵士饼干厂员工（好像是一位主管）留下的孤儿，在她20岁时，也就是米尔德里姑妈离开法莱克斯米尔的4年前，她来到法莱克斯米尔担任奥斯蒙德的私人秘书。我并不认为文秘工作需要多有能力的人来做，波蒂珊小姐做事干净利落又得体，奥斯蒙德爵士十分满意。之后，有一次米尔德里姑妈外出不在家，波蒂珊小姐开始获得料理家事的天赋。她做的一切都如此完美，完美到没人注意到有人在料理家事。珍妮弗对家务并不在行，自然很高兴把手上大小事务交给秘书打理。波蒂珊小姐尝到权力的滋味，意识到自己行使权力的本领，就想把权力永远攥在自己手中。她悄无声息地在奥斯蒙德耳边吹风，在他脑中根植和滋养珍妮弗在21岁后要从未婚姑妈手中接过主持家事大权的想法。

格蕾丝·波蒂珊在法莱克斯米尔的头4年，没有人留意过她。珍妮弗很庆幸有她在，因为她总是愿意承担责任，总是了解奥斯蒙德爵士的想法，总能让一切都有条不紊。不过在1931年米尔德里姑妈离开后，波蒂珊小姐开始悄无声息、天衣无缝地提升自己的存在感。在第二年的圣诞家庭聚会上，伊迪斯和艾琳娜注意到了变化。当服役10年的戴姆勒轿车和从驾马车起就服侍家人的老司机被换成一辆现代新光并配了一名帅气的伦敦司机小伙时，艾琳娜第一个站出来抗议了。

"您想要新车无可厚非，爸爸，可我不喜欢那个年轻人，不喜欢他的态度。如果发现他是社会主义者，我一点都不会奇怪。我很怀疑珍妮弗能不能让他守规矩。"

"亚什莫尔去哪儿了？"乔治问，"没再看见那个站在车前的老家伙觉得挺不习惯的。"

"他被安排到了很好的去处，"奥斯蒙德爵士让他们放心，"把那辆车交给他打理实在不能让人放心。宾汉姆的驾车技术远比他好，还是个训练有素的技工。这个改变是波蒂珊小姐的主意。真是个聪明的姑娘。"

从那之后，伊迪斯和乔治就时常表现出反对波蒂珊小姐选择的态度，不让奥斯蒙德爵士提前知道他们的火车到达布里斯托的时间，吩咐在租用公司任职的老亚什莫尔来载他们到法莱克斯米尔。

　　他们也发现房间被刷了新的颜色，在家务的安排上也有许多创新。伊迪斯表达了对这些改变的不满，暗示它们品位欠佳。奥斯蒙德总是对她的批评嗤之以鼻，自豪地说所有改变都很经济，表扬了波蒂珊小姐。

　　伊迪斯、艾琳娜和乔治越来越警惕格蕾丝·波蒂珊。她是个阴谋家，她打算走多远呢？他们巴不得抓住任何机会败坏她的名声，可她太低调，太圆滑了，让她似乎无懈可击。每年圣诞节他们来到法莱克斯米尔时都更加担忧，而元旦后回到自己家中时，这种担忧都会因为波蒂珊大大提升法莱克斯米尔舒适度的不争事实而缓解，再者并没有人看出她抱有任何逾越自己身份的想法。

　　在奥斯蒙德爵士请走米尔德里姑妈后，也认为珍妮弗不用结婚，而是在他的有生之年留在法莱克斯米尔。这段时间或许会是20年；当年他66岁，身体健硕。珍妮弗并没有任何理由为家族人丁的兴旺舍弃舒适的生活。她性情宽和，脾气又好，她把真实的想法和兴趣深藏在心，与奥斯蒙德爵士和谐共处。通过在英国妇女协会工作，她找到了自己的生活方式，但她在协会的活动受到了奥斯蒙德爵士的阻挠，因为他不喜欢协会活动的布尔什维克倾向。他很乐意在每年夏天请协会成员来法莱克斯米尔庄园用餐，提供丰盛的茶点，还能请一位魔术师。可他认为女儿在下雨的夜晚于乡间小路上开车50公里去玩游戏并不妥当。

对！和"一群村妇"玩游戏！他说，当地学校的老师怎么不管管这么毫无意义的活动，拿钱吃白饭吗？

米尔德里姑妈自然十分乐意留在法莱克斯米尔享受奢华的生活，或者要是奥斯蒙德爵士真的希望其中一位女儿留在家充当女主人的角色陪伴他，希尔达会是不二人选。她会欣然接受。比珍妮弗年长13岁的她已经把爱情、渴望和困难抛诸脑后，想要过安稳的中年生活。她把奥斯蒙德爵士照顾得十分妥帖，至少能用肤浅的客套话取悦他乏善可陈的老朋友和他们充满优越感的妻子。但珍妮弗就无法在奥斯蒙德爵士的晚宴上做到这一点。

这里你又能看出奥斯蒙德爵士的顽固不化了。明显很简单的安排，本可以让大家都开心，如果他愿意的话，甚至包括他自己，可他强烈反对。学校放假期间，我和我的家人经常住在法莱克斯米尔，他当时并没有反对。大概6年后当我再次出现时，在我和珍妮弗申明我们不久就打算结婚时，他才开始不待见我。另外，奥利弗·维特科姆似乎很愿意等个几年，可我怀疑只要我退出竞争，他就能成为被认可的对象，而且一定会想方设法把婚期定在不久的将来。

之前说过珍妮弗在1935年的夏天告诉她父亲想和我结婚，当时他的身体在同龄人中算是十分硬朗的。可他在8月份心脏病发作，应该是轻度中风，一下让他老了许多。

不过医生说如果能够活得轻松，不受惊吓或者背负压力，他还能活很长时间。他似乎只有在怀疑和不安中才能富有生机，而他自己就是制造这种气氛的高手。虽然梅尔布里家的人之间充斥着不和与嫉妒，却都是以很礼貌的方式暗讽和影射，从不正面起冲突。所以虽然奥斯蒙德爵士看起来比之前老了，记忆力也开始衰退，珍妮弗和我还是认为他会很长寿。

8月末，艾琳娜、伊迪斯和乔治一从珍妮弗那里听说父亲的病情，立刻和乔治的妻子一起像鸟儿扑食一般冲向法莱克斯米尔。他们转来转去，关切地不停询问他的病情，却无法掩饰他们的焦虑，急切地想要探寻父亲忽然暴毙的可能和是否会重新考虑遗嘱的蛛丝马迹。

"谢谢你们大家这么关心我！"奥斯蒙德爵士冷笑着说，"你们可以回去接着抱怨，圣诞节前都不用记挂我。"

这就是他给大家唯一的答复。没有人能确切知道他会如何处理自己的遗产。在孩子们的成长过程中，他常对他们说："如果你们谨慎择婿或者娶妻，乔治，我会给你们像样的嫁妆和彩礼，不然就等我翘辫子再说吧。"

他说了这话后，大家都认为希尔达要等她父亲死后才能拿到属于她的一部分，可当乔治拿到足够的资产来维持法莱克斯米尔，剩余的财产是否会平均分配给女儿们，或者伊迪斯和艾琳娜已经得到的部分是否算在她们的份额内还是一个很大的谜团。伊迪斯之前拒绝过一个很喜欢的小伙子，为了取悦父亲，她嫁给了大卫·埃文施特爵士。曾有人听到她说，如果父亲死后她分得的钱比希尔达少，就太不公平了。其他人虽然没有那么直言不讳，或许也抱有相同的看法。

乔治并没有那么像其他人那样担忧，因为奥斯蒙德爵士很看重他这个儿子兼继承人的权利。不过格蕾丝·波蒂珊小姐逐渐提升的地位甚至让乔治和他妻子都很烦忧。两夫妇都认为珍妮弗留在家里是一大隐患，在奥斯蒙德爵士生病后，他们更是这么认为。

"我觉得父亲想让你留在法莱克斯米尔是对的，"艾琳娜在8月时对珍妮弗说，"我不希望让他一个人跟波蒂珊小姐在一起。你知道那样的女人是不能信的；她的标准跟我们不一样。哦，好吧，她很聪明，有那么点文化，但她骨子里肯定不老实。"

"像父亲那个年纪的人，尤其是官能受疾病损害之后，有时会做出很愚蠢的事来，"伊迪斯也怂恿她道，"看看立顿·切尼勋爵的婚姻，前不久刚娶了他女儿们的家庭教师！他的几个女儿该多痛苦啊！"

"父亲对此的评价是，"珍妮弗说，"人老并不一定会变糊涂。"

"这说明不了什么，"伊迪斯说，"我赞成艾琳娜，你应该留在这儿。父亲需要人照顾。"

"而我并不在行，你知道的。"珍妮弗反驳说。

伊迪斯并不理会，继续说道："对你来说也不是什么难事。有锦衣玉食的生活，还能投身于妇女协会，可以有自己的生活，什么也不用操心。"

"我无法拥有自己的生活，问题就在这里！"珍妮弗抗议道，"父亲不会让我晚上一个人开着新光出去，虽然我完全可以。他不会让我有一辆自己的小车，还会每次在我想去聚会的时候做手脚，好让宾汉姆没时间载我。"

"那些都是细节！"伊迪斯漫不经心地说，"没有什么是完美的，你得在这里留几年，这是不争的事实。"

奥斯蒙德爵士一康复，家人们都各回各家，珍妮弗和我讨论了当前的情势，决定在春天结婚。希尔达来法莱克斯米尔过圣诞的时候，我们打算把这个计划告诉她，让她想想有什么办法能让奥斯蒙德同意让她替代珍妮弗的位置。这可不是一件容易的事，因为希尔达心气太高，不愿祈求父亲给她一个家。如果能实现的话，自然能解决希尔达的一些困难，但她坚信父亲不会给她任何帮助，觉得自己的命运很难转变。

我相信希尔达和珍妮弗都对奥斯蒙德爵士会留下多少遗产和如何分配毫不在意。在她最迫切地需要支付卡罗尔的培训费用时，她已经完全放弃了父亲会伸出援手的奢望，对于父亲之后会给她什么，她并不感兴趣。她太爱父亲了，甚至不会去想象他突然死亡后会对女儿有任何帮助。她也接受珍妮弗的判断，认为父亲会很长寿。

珍妮弗和我意识到，如果我们要在春天结婚，就得舍弃嫁妆，但这也是没办法的事。我们努力不去想它，真的，可我们并没有阔绰到对这笔钱视而不见。

珍妮弗说："想它并没有用，因为那笔钱并不是你我现在能考虑的。对我们来说就是不存在的。也许等我们人到中年的时候才会来，到那个时候，我们或许会像希尔达一样不需要钱了。"

我在出版社的工资在许多人看来对于新婚夫妇来说是一笔挺可观的收入，但并不足以让珍妮弗"过上惯有的生活"。她从母亲那里继承的一点钱被她认真存起来了，以后或许有用。她还相信经济形式一片大好，会给我们的新生活带来光明。

以上就是圣诞节期间大家聚在法莱克斯米尔的情况，在圣诞节团聚是个惯例。奥斯蒙德爵士认为家人理应在圣诞节团圆，没有人胆敢说不，虽然他们通常都会度过一段很阴郁的日子。米尔德里姑妈也都会来，或许很高兴能再短暂地享受到法莱克斯米尔的奢华。奥利弗·维特科姆也来了，就连我也被邀请了，一部分是因为聚会上本就女多男少，另一部分是为了贯彻奥斯蒙德爵士拿我衬托奥利弗的方针。我猜老爷子一定会计划在某个娱乐之夜让奥利弗大放光彩，让我暗淡无光；这对奥利弗来说很容易，因为他多的是聚会玩乐的把戏。

希尔达和女儿卡罗尔照例来了。我觉得奥斯蒙德爵士很喜欢她在，一方面是因为真的很喜欢她（虽然照他对希尔达的吝啬程度看很难相信），另一方面似乎是在责备她，"你看，这就是不听我话的下场"。

就这样，大家都到齐了；之后我们才不快地被迫发现，几乎所有人都有杀死奥斯蒙德爵士的动机而没有人希望他长寿。

第二章

星期六

希尔达·温福德　书

珍妮弗像往常一样让我比其他人更早到，我们俩好有时间说说私房话。卡罗尔和我从伦敦搭了早班火车，周六早晨10点多就到了布里斯托。老亚什莫尔在车站接我们，坐在那辆熟悉的、高高的、四四方方的车里。就连他那吞掉所有"l"音的、无法形容的布里斯托口音都很有家的感觉。

"珍妮弗小姐让我来接您，夫人。我知道奥斯蒙德爵士今早驾车出去了。"

我们问亚什莫尔最近如何。看到他病恹恹的憔悴模样，我很吃惊。帮我们开门的时候，我看到他的手在颤抖，虽然他开车还是和以前一样稳当可靠。

"我挺好的，夫人，不过竞争当然还是很激烈。我在车站载客，有些女士有自己惯用的司机，不过很多人想要看起来更现代的车。我无意冒犯奥斯蒙德爵士，但走长途的话，他们不信任这种老爷车。它当年的确是辆好车。"

"它跑起来还是很不错的，"卡罗尔说，"你肯定把它保养得很好。"

"是的，小姐！"老司机坚定地说，露出一丝微笑，"如果它出了任何问题，我能去哪儿呢？"他的脸重新陷入疲惫的皱纹中。

我问他短期内有没有可能换辆新车。

"暂时没有，"他沮丧地说，"我花了大价钱买了它，鉴于车龄，它现在在市场上已经不值钱了。"

我很惊讶，自己脱口而出，"为什么？我还以为车是奥斯蒙德爵士给你的。"

亚什莫尔显得很尴尬。"是这么回事，夫人，奥斯蒙德爵士不会像有些人那样几乎每年都买车，这样的绅士不明白车行做生意的规矩。如果你有旧车要卖，又想买一辆价值不菲的新车，他们会出高价买旧车，鼓励你买新的。价格或许会比你直接变现要高得多。后来，车行给这辆戴姆勒出了个价，奥斯蒙德爵士他们知道这是辆好车，当年花了不少钱买的，他跟我说，'亚什莫尔，这辆戴姆勒可以用这个价格卖你；内部价，对你来说很划算'。不过要我说，夫人，从某种程度上说来确实是这样。我了解这辆车，知道它被保养得很好，可我不知道要怎么出那一大笔钱，也不知道什么时候能赚回来，我老婆还病得厉害。"

"亚什莫尔，你为什么不告诉奥斯蒙德爵士价格太高呢？"卡罗尔惊呼道，"真的太高了！要是祖父自己卖掉旧车，肯定拿不到车行报的数。我很清楚。为什么？也许你不用花这么多钱就能买到比这辆更新的车。"

"怎么说呢，小姐，我可以跟奥斯蒙德爵士讲价。他自然是好心，我不想抱怨。我也不知道我怎么就说了这件事！可千万别让奥斯蒙德爵士知道我说的这些话！希望小姐和夫人都千万不要跟奥斯蒙德爵士提起。也许一切都会好的。"

我问了他妻子和家人的情况，没有再提到车的事。可我感觉他已经花了不少钱给妻子治病，现在十分焦虑，否则他绝不会那样抱怨。他从小就在法莱克斯米尔工作，教我们每个人骑小马。父亲十分反对给人过分的关爱，认为人们应该工作、存钱，然后自力更生。他或许从未意识到他给亚什莫尔的戴姆勒车其实要价很高，还以为给了他一个投资存款的好机会。

卡罗尔十分愤慨，到达庄园的时候，她把半克朗塞进我手里，而我已经准备了一克朗①小费要给亚什莫尔。从亚什莫尔的表情可以明显看出这5先令在他的眼里是何等重要。我知道珍妮弗会付车费给他。他喃喃地说："要是

---

① 5先令的硬币。

您一直在这儿，就大不一样了。"就像一位老仆人对主人家出嫁的女儿说的话一样。

我挺担心他的。他看上去像是需要到康复中心修养一个月，改善一下伙食，于是我就决定跟珍妮弗商量有什么可以帮到他。

珍妮弗在大厅迎接了我们，比以前更快乐、更激动、更漂亮了。她说父亲整天都不会在，按照圣诞节的惯例去拜访米尔德里姑妈了。还说乔治、帕特里莎夫妇和孩子们当晚会坐车过来；迪迪和大卫也开车，他们在路上稍作停留，周日才到。艾琳娜、戈登夫妇和孩子周一才能到，因为保姆的母亲生病，不得不赶回家，他们被新保姆的问题绊住了。有两位外人会参加这次圣诞聚会。珍妮弗和我一直认为家人聚会最好不要被外人打扰。

"奥利弗·维特科姆，"珍妮弗嘟起嘴跟我说，"完美无瑕的人，周二会来。父亲很喜欢他。菲利普周一晚上也会到。"

我之前并不认识菲利普·切利顿。他应该是在我结婚之后才跟家里有来往，不过在过去三四年中我在伦敦有偶尔看到关于他的消息。我知道他夏天来过法莱克斯米尔。珍妮弗在信里说过很多他的事，总是故意不经意地提到他，让我觉得他是位重要人物。

我问她父亲喜不喜欢菲利普。

"可以忍受。"珍妮弗说,"我不清楚原因,可他肯定不喜欢菲利普,不过也觉得菲利普无伤大雅。算了,我们过后再说他吧,卡罗尔最近如何?"

卡罗尔到一个装修公司上班后十分有干劲,滔滔不绝地跟珍妮弗聊了起来。她退而求其次选了这个职位,想在我们可以为她提供建筑师的教育之前攒一些实用的经验。她本能地全身心投入工作,似乎这就是她一生的事业,同时也为第一次赚钱感到十分激动。

午饭时,卡罗尔这个称呼有点嘲弄的意味,因为珍妮弗只比卡罗尔大7岁。"我知道你和妈妈会凑在一起八卦詹姆斯的风湿、小艾玛的丑闻和佩琪·琼斯最小的孩子等。我有件裙子想把它做完,能在你房间做吗,珍妮弗姨妈?"

"当然可以,你可以用我的新缝纫机。"

"太好了!"卡罗尔嘲笑她说,"珍妮弗姨妈居然有缝纫机!开始顾家了!有什么打算吗?以后不用去找'波浪'借了,好方便。"

珍妮弗红了脸,开始很严肃地说起她在妇女协会的工作和她如何在春天好不容易去了一所培训"学校",还被任命为组织者。

"这么好!"卡罗尔说,"好想看看你办的协会啊!肯定会有精美的茶点和歌舞,比如,女生合唱团,没有任何会议，说不定还会忘了招秘书！"

"胡说八道！"珍妮弗反驳道，有些不快，"我现在可干练了，虽然总部推荐我担任更偏向社交而不是流程管理的职位！好笑的是，布莱迪小姐，她也一起去了，她竟然说服父亲让我去。他以为那是贵族的特邀聚会，不过后来听说普拉什夫人也是那里的学生后——你知道普拉什家的人，林米德农场就是他们的——他的反应特别有戏剧性。他觉得那些都没必要；如他所说，我的家庭教育——我在问你！——教我的东西应该足够让我能管理协会了；他就是不喜欢普拉什夫人和我坐在一起学习民主政府的内容。普拉什夫人自然是最佳人选，她比我更擅长应付那些不好相处的会长。"

卡罗尔自然很同情，又乐在其中，她们很快转移话题开始讨论封建制度、民主和各种不同的观点。她们很喜欢探讨不同的观点，不过她们太年轻，还不了解任何40岁以上人士的观点。她们稚嫩得可怜，而这也是她俩如此有魅力的部分原因。

对话展现了珍妮弗和父亲的想法总是不可避免地有分歧，我很希望自己能说服他让珍妮弗离开家。他们并没有激烈地争吵过，珍妮弗的计划也从未彻底落空；如果她能坚持自己的目标足够久，最终至少会得到一部分，可总是有摩擦和不安。

午饭过后，珍妮弗和我在藏书室壁炉前的沙发上坐下，她说了要嫁给菲利普·切利顿的所有计划。我刚刚还一直希望珍妮弗能离开家，听到这个计划本不该觉得惊讶，可我还是被吓到了，或许是因为我对比了珍妮弗的境况和我近20年前面对的境况。珍妮弗比当时的我年长，但我认为她并不适合经历我所经受的煎熬。我向来是很刚强的人，更像父亲。但如果珍妮弗真有毅力执行这个计划，她现在就不会还住在法莱克斯米尔了。她会想方设法离开家，追求她常说起的事业。我并不是在挑刺，只是在解释她的性格，有主见而意志坚定的人并不总是友善的。年轻气盛、一头金发的珍妮弗还像个孩子一样，会心血来潮地调皮捣蛋、一意孤行，一般最后都会以悲剧收场；也像孩子一样从未长时间地违抗权威。

我觉得珍妮弗并不清楚自己即将面对的是什么。她会讨厌住在郊区或者半郊区的小城镇；她会讨厌打理房子和节约开支等所有繁杂琐事。她也许会搞得一团糟，而失败是她最不喜欢的事情。

"你难道不开心吗，希尔达？"她焦虑地问我，"你总是说我该有个事业。"

"我是这么说的，不过在乡下当个娇妻是你想要的事业吗？"

"别说得这么难听！"她抗议道，"我们应该可以接受在类似吉尔福德那样的偏僻小镇上有个房子。住在乡下，一幢小屋，不需要花费太多心思打理，再配个能干的女仆。菲利普不希望我当个花瓶；他不喜欢依靠别人生存的妻子。我要有自己的事业——也许是协会，甚至可能会写作。我有个特别好的创作点子，菲利普觉得我可以写。

"你以为我已人到中年，忘了你现在的感受，其实不是的，珍妮弗。正因为我记得如此清楚，我才害怕。"

"等等，希尔达，我并不是要嫁给一个穷光蛋。有无数人嫁给了条件更差的人。我们刚结婚不会要孩子的，养不起。不是迪迪的那种养不起，不过真的负担不起。"

"当然都跟钱有关系。"

"我知道。希尔达，你一定要帮我。千万不要跟迪迪、艾琳娜或者乔治透露半个字。他们觉得我应该留在家里，帮父亲防着'波浪'，但那些都是不可能的事，即便真有任何事情要做，我也办不到。我要做的或许只有把父亲推进她充满同情的怀抱，但我觉得他们没有任何理由担心。父亲或许打算给她留一些钱，剩下的也足够分了。谁知道呢，她现在赚的不就是他的钱吗！不过话说回来，我走之后你一定要搬来法莱克斯米尔住。"

"我怎么来？当然如果是父亲要求，我肯定来。至少——可是我有必要来吗？我还有卡罗尔，卡罗尔就像你一样。要我说，珍妮弗，你从没有帮她摆正过跟父亲相处的心态。"

"我说的话根本改变不了什么。卡罗尔很清楚父亲对你有多吝啬。"

我在此之前就意识到珍妮弗和卡罗尔确实会不可避免地从同一个角度看问题。对她俩来说，父亲的待人方式看起来就是吝啬，可我不这么看。我有意拒绝他的生活方式，选择自己的路。不论结果如何，这样走下去才对。照卡罗尔的话说，"靠自己的力量"。我不为任何事后悔。父亲是个始终如一的人，我也喜欢始终如一。我已经选择了自己的路，也展现出坚强的个性来这么做。父亲尊重这一点，所以我们一直是好友，虽然他那时对我也很生气。

我跟珍妮弗解释说："关键问题是，就算父亲让我回法莱克斯米尔，就算我答应了他，卡罗尔要怎么在这儿跟他相处？"

"她会在其他地方上建筑课，"珍妮弗兴高采烈地说，"为了能上课，她得在假期忍受祖父了。他俩会相处得比我好，她健谈得多，说的俏皮话能把父亲的老朋友逗乐，我跟他们在一块就不知道要说什么。总之我先把这个计划告诉卡罗尔，看看她怎么说。"

我知道她会怎么说。她的想法会跟珍妮弗一样，计划中最困难的部分都会烟消云散。冒险对她来说很有吸引力，她和珍妮弗一转眼就会加入青春的队伍。

我说："我不确定，我不知道卡罗尔能不能去上她想上的课。"

"不论如何，她有份工作。"

"但赚的钱不够养活她自己。"

"好吧，上这个建筑课要花多少钱？反正你住在这儿又不花钱，剩下的钱难道不够卡罗尔上课用吗？何况她假期住在这里也不花钱。"

"可我们不能预知这一切！"我无助地说，"这个想法特别好。如果父亲没有让我来住，你的纸牌屋就坍塌了。"

"所以你才要想办法让他问你。你知道他喜欢你在这儿，你也喜欢在这儿。你已经证明了可以依靠自己独立生活，我确定就连父亲也承认这一点。希尔达，我真的希望你能帮我。菲利普和我基本已经下了决心，就要结婚了，但我还是希望你能支持我。"

"我得好好考虑一下，"我跟她说，"亲爱的孩子，我希望你能幸福。我们就不能说服父亲接受菲利普吗？这样会简单得多，何况他既然邀请菲利普来，就不会那么不喜欢他。"

"我跟菲利普建议说，他得写出并出版一部公认的天才之作，同时得是一部维多利亚时期的高尚作品和畅销书。要想让父亲接受他成为女婿，我觉得这是唯一的办法。你很清楚没有人能*说服*父亲做任何事，也许除了波蒂珊小姐之外，没有人知道她是如何办到的。当然，我没有排除你能*说服*父亲让你来住的可能。你得想个聪明的办法，让它自然而然地发生。"

我用记忆深刻的文字记下了整段对话，因为它清晰地反映了珍妮弗在临近圣诞节时的心境。她丝毫没有被我说的话影响，而是为春天逃离法莱克斯米尔制订了一箩筐计划。她对父亲的钱没有想法，因为她和菲利普认为没有这笔钱他俩也能过得很好。

第三章

星期一

珍妮弗·梅尔布里　书

　　星期一早晨9点，大部分人都聚集在餐厅，参加家庭聚餐，父亲认为这是应该的，他喜欢当"老式传统家庭的一家之主"。他总是在忙，我想这就是他在物质上如此成功的原因。在人生的每个阶段，他都会研究自己扮演的角色，展现出该有的样子，却从不舍得花心思研究如何当好这个家的父亲；我猜他会认为*我们*都应该照他所想的家庭角色去演好自己。

　　艾琳娜和戈登还没到法莱克斯米尔。米尔德里姑妈几天前就到了，早上她不太舒服，就在床上用了早餐。迪迪向来是个慢性子，通常也在床上吃早饭，不过在这种场合，她还是和其他人一起来了。或许是因为前一晚才到，想探探氛围再看情况定计划。

　　早餐过后，希尔达、卡罗尔、迪迪和她丈夫大卫、帕特里莎和她的孩子们还有我都在大厅闲逛，看看报，读读信，快速记下提早送来圣诞贺卡的人和还没送出贺卡的人。乔治是唯一一个敢在早餐故意迟到的人，他仍在餐厅，舒服地坐在吐司、黄油和橘子酱旁，完全没有被在主位正襟危坐的父亲坏了兴致。

忽然，帕特里莎在大厅引起了一阵骚乱；她忘了，或者她以为自己忘了给一位很重要、很有钱的叔叔寄礼物，于是决定去30多公里外的布里斯托购物。但是首先她问我们如果已经寄了一份礼物，现在又寄了第二份，会不会特别糟糕。不论我们说什么，帕特里莎都决定去购物，我们都给出了自己的建议。卡罗尔问她能不能去。乔治和帕特里莎是自己开车来的，所以可以带她。帕特里莎很高兴卡罗尔能一起去，而我坚持说帕特里莎能解脱的唯一办法就是去买了礼物立刻寄出，因为我知道卡罗尔想在布里斯托给自己买点东西，她能用到新光轿车的机会微乎其微。

"咱们不等下午再去吗？"卡罗尔提出了这个不可思议的建议，"艾琳娜姨妈午饭前就到了，也许她也想去逛逛。"

"一辆车载三个人去购物太麻烦了！"帕特里莎拒绝道，"我是说，每人都想去自己想去的店，大家都想去不同方向，太费事了，还要在不同地方等来等去。再说，下午人就更多了。"

"另外，"迪迪提醒大家说，"艾琳娜从不忘事；记性像大象一样好。她的*所有*礼物肯定都已经早早地用冬青木纸整齐地包好，写好卡片，一个人都不会落下。你们最好现在马上走，准时回来吃午饭。"迪迪已经说过她和大卫要开车去曼顿跟菲兹潘夫妇吃午饭，所以很高兴能提醒帕特里莎应该准时回家。

之后帕特里莎又开始纠结了。"我不知道是不是该冒险送他两份礼物，还是一份都不送。他要是没吱声，或许过后可以写封信给他说但愿没有寄丢。毕竟是圣诞节，谁都说不准。*真的好难啊*。"

"哦，帕特舅妈！"卡罗尔受不了了，"我们已经讨论过这个了。送他两份礼物也没有什么问题；最坏的情况无非是他会认为你有点健忘，可没人会在意这*种*健忘的方式。快点出发吧！"

"这么催是没用的，乔治还在橘子酱前挪不动步呢。"帕特里莎说。

"*我这就去叫他！*"卡罗尔说完就跑开了。

几分钟后她回来了，"帕特舅妈！太好了！乔治说我可以开他的奥斯汀！我有驾照，这样方便经常开别人的车，他一点也不介意。"

卡罗尔是个幸运儿，她获取了别人的信任，常有人借车给她。

"我就说嘛，乔治不喜欢购物……"帕特里莎犹豫地说。

"*动作快点*，去买帽子和皮草吧，帕特舅妈，我们两分钟后出发。"卡罗尔催促道。

这是卡罗尔在叫帕特里莎"帕特舅妈"时逃避惩罚的典型做法，而且帕特里莎仍旧同意她这样叫，说来也怪，因为乔治的妻子显然叫"帕特里莎"。其他人要是这样叫，她准会大发雷霆。

帕特里莎上到楼梯一半时，帕金斯拿着刚寄到的包裹进来了。帕特里莎的三个孩子伊妮德、吉特和克莱尔，还有卡罗尔一拥而上。帕特里莎停下脚步，不知道该上还是该下。父亲从餐厅走了出来，我能立刻看出他想装出一副和蔼可亲的祖父形象。

"好了，孩子们！"他声音低沉地说，"没有你们的包裹！包裹不会是邮递员送来的，你们忘了吗？礼物是驯鹿雪橇送来的。"

孩子们依旧尖声抢着拿包裹。快10岁的伊妮德和8岁的吉特显然不相信祖父的话。伊妮德抬头说："邮递员已经给我送来一个了！我看见了！噢，吉特，你笨手笨脚的，把我的礼物盖住了！"她瞥见祖父不满的神情，不再抢礼物，说道："我猜他一定是半路碰到雪橇就把它送来了，好让我早点收到。"

伊妮德聪明得很，是个特别讨喜的孩子。

"好啦，孩子们！别捣蛋啦！让我看看，我要找个东西。"父亲说着，依旧努力维护他慈祥祖父的形象。他环顾四周，看到了刚决定下楼的帕特里莎。

"帕特里莎！孩子们真该好好管教一番了。"

"是吗？现在是圣诞节，孩子们兴奋一些*很正常*……"帕特里莎说道，看到来带孩子们去散步的保姆后，总算松了口气。

父亲还在一大堆包裹中翻找，一无所获，大声地自言自语，发着牢骚，好让大家都知道他心情很差。

"肯定是个挺大的盒子！不会还没到吧！那些人怎么回事！一点都不可靠！真搞不懂这样的生意能成什么气候！提早那么久寄，竟然连简单的准时都无法做到！我就知道！别指望现在的店主办事有效率！我所有的计划都毁了！*他们*自然不在意。"

慈祥的祖父变得满腹怨言，本想扮个老好人，却因其他所有人的低效率遭受了挫败。

帕特里莎误以为这个时候应该附和父亲的情绪，哼了一声说："圣诞节期间的包裹可是说丢就丢的！那些临时工通常最不老实了，他们为了省去递送的麻烦，会把东西整袋偷走！现在的工人一点责任感都没有。"

为了保持平和的气氛，我没有说话，虽然很想和她争辩。

迪迪从《泰晤士报》后抬起头来，依旧没头没脑地说："说别人出于恶意截了你的包裹太不厚道吧！没到就没到嘛！有些人的字跟天书似的，能到这么多已经是个奇迹了！克莱尔·梅柏莱生了对双胞胎。"她又躲到《泰晤士报》后面去了。

希尔达来救场了，问道："如果是你特别想要的东西，父亲，有什么我们可以做的吗？要不发个电报问问？"

"我无所谓！"父亲明显言不由衷地说，"我担心的不是自己！是有些人要倒霉了。这事我不想管了。"

也就是说他说服自己相信包裹没到真的是因为对方的恶意，但他绝不会让他们得逞。

"或许打个电话更好。"希尔达继续平静地说。

"有道理，希尔达！"父亲赞同道，"打电话不按字数收费！哈！我不是话多的人，不过他们应该知道我对他们的看法。波蒂珊小姐得帮我接通长途电话。"

他急匆匆进了书房，那是"波浪"听候他发号施令的地方。希尔达和我已经收到他的指示，让我们把所有送到的给孩子们的圣诞礼物收好，现在我们开始把礼物都拿到书房，放到橱柜里。

波蒂珊小姐说："奥斯蒙德爵士，我觉得打长途电话比较安全。这个时节就算是电报线也有可能出岔子。我去接通电话，态度会*很*坚决。包裹必须由客运列车递送，火车到了之后宾汉姆去接车，再把包裹直接送过来。"

"好，好！"父亲赞同道，"我觉得还是你亲自跟宾汉姆一起去的好，确保一切顺利。"

"噢，当然，奥斯蒙德爵士！我可以*保证*会一切顺利。我们甚至可以买*两件*，另一件晚点寄到。"

"要说清楚我只付一件的钱。他们很早就接到订单了，而且很清楚现在是圣诞节！他们应该想得到包裹可能会晚到。"

"噢，当然，奥斯蒙德爵士。我要现在给您订车吗？您是不是还有其他电话要打？在2:26前，应该都不需要约车去车站。"

"对，对。艾琳娜和她丈夫，还有孩子们怎么办？他们午饭前就会来了。"

"要我说，奥斯蒙德爵士，斯蒂克兰夫妇已经安排亚什莫尔去接他们了，他们应该会想到这个时候您可能需要用车。"

"嗯，好吧！那就这么安排吧，我看完这几封信再走。"

收好包裹后，我们回到大厅跟刚用完早餐的乔治打了招呼，他问："父亲要这个没到的包裹做什么用？"

我觉得他们最好知道这个事，不过提醒他们不要说是我告诉他们的,因为父亲可能会宣布什么惊喜。

我解释说他认为圣诞老人应该在圣诞夜从圣诞树上给孩子们送礼物。他是上周决定这么做的,于是让道森服装店寄圣诞老人的服装来。本该周六送到的,结果并没有收到,"波浪"说服他等到周一早上。现在他被这个计划外的情况烦得焦头烂额,不过东西之后肯定会送到,"波浪"还会多备一件以防万一,父亲看到道森服饰店送了两件却只能收到一件的钱一定很开心。

"那么谁能有这份荣幸戴上胡子、穿上填充外套呢?"乔治问道,"你不会是说我吧?还是老爷子要自己上?"

我告诉他们我觉得会是奥利弗,虽然一开始父亲打算让菲利普来扮。然后他应该是想到菲利普对业余表演很在行,说不定会演得很成功,功成身退,所以便锁定了呆头呆脑、对表演一窍不通的奥利弗。扮演者不能是家里人,因为父亲认为孩子们很快就会戳穿他。

"你最好要教一下孩子们,帕特里莎,"乔治对妻子说,"要是像吉特一样口无遮拦地喊出他能看见维特科姆先生的裤子,游戏就毁了!"

"如果要教,几年前还是婴儿的时候就该教了。"迪迪说,"现在八九岁的孩子都知道那是哄人的把戏,我觉得他们也不该在这种假象中成长。"

"孩子们会喜欢的。"乔治安慰道,"告诉他们要假装,他们才会假装，不是吗，帕特里莎？"

"希望是。"她答道，"不过吉特确实太调皮了。虽然我很喜欢这些传统的习俗，不过家教和学校老师都太新潮了，孩子们的看法都像大人一样，还知道飞机和该买什么样的车；根本跟不上他们的步伐。不过但愿不会影响到他们的睡觉时间。"

卡罗尔蹦蹦跳跳地走下楼梯，准备出门，看上去十分迷人。我猜这就是帕特里莎喜欢带着她到处去，对她屈尊的部分原因。卡罗尔看起来特别与众不同；身材高挑，举手投足我只能用悦动十足来形容。她继承了希尔达的优点和一头金色的秀发。

"帕特舅妈！"卡罗尔带着责备的口吻叫道，"我还以为你上楼准备去了，结果还在这儿，连衣服都没换好！车马上就要到了，宾汉姆开车过来。"

"一个包裹出了点问题，"帕特里莎温柔地解释说，"我下来看看是怎么回事。我很快就准备好。"

送走她俩之后，迪迪和大卫坐着他们自己的戴姆勒出发去曼顿了。父亲带着希尔达坐上新光也出门拜访了，他总是会在圣诞节前去串门。他的朋友们一定会觉得这是一道诅咒，在他们为冬青、火鸡和晚宴忙得不可开交的时候来这一出。不过曾祖父曾以他圣诞节前的骑马之行闻名，他会拜访各家各户，在村里乐善好施。父亲省去了慷慨施舍的部分，认为这个习俗剩下的部分值得称颂，应当保留。

等其他人一走，乔治就凑到我跟前来。我早就看到他踟蹰在旁，所以并不感到惊讶。

"现在你没什么事情需要做了。"他说，"波蒂珊正在解决失踪的包裹，处理冬青、槲寄生、桌上的花、父亲的信等！我想跟你谈谈。"

他在藏书室里最喜欢的扶手椅上坐了下来，装出最漫不经心的样子。

"实话告诉我，珍妮弗，你对父亲是怎么看的！"

我忍不住笑出了声。这个问题太不可思议……太"乔治"了。

"说正经的……我是说他的身体情况和……精神状态。他生病之后老了那么多，真是吓了我一跳。"

我安慰乔治说父亲的病对他的整体健康状况来说影响甚微。他的确看上去老了，走得少了，但也不至于一步三晃；还有就是比较健忘。他似乎累得更快，不过谁也说不准，因为这次生病无疑给他敲了个警钟，他比以前更在意自己了。现在他要是累了，就很会照顾自己，还渐渐习惯下午在舒服的椅子上休息，把脚搭在矮凳子上。

"应该不会有事的，"乔治闷闷不乐地说，"你知道吗，珍妮弗，我真觉得你跟他住在这儿是对的。我听希尔达说你有点静不下心来。"

我对乔治说已经烦透了家里人，告诉我留在家是我的责任。像之前我在夏天跟艾琳娜和伊迪斯说过的一样，我告诉他，我很肯定留在家里对谁都没有好处，对这个问题我不想再争了。当然，没有人知道菲利普和我的计划，不过他们似乎隐隐感觉到有什么事要发生。

"好吧，珍妮弗，我不想烦你。"乔治说，估计他是怕我哭出来。坚持让我留在家的想法让我厌烦得就快崩溃了，让我害怕自己的计划会毁于一旦。虽然这些反对的声音并不是针对我的计划，却让一切都似乎布满荆棘。我已经打算离开这个家，开展自己的事业，却什么都没有成功，所以我很害怕失败。菲利普是很果决的人，有他帮我，这个计划理应成功。

乔治显然还有别的话想说，却不知道要怎么说出口。

"老克鲁肯还没到吧？"他终于问了。克鲁肯是父亲的律师。

"据我所知还没有。他来并不用知会我，"我说，"'波浪'打点父亲的一切事务，而父亲从不和我讨论这方面的事情。关于父亲的遗嘱之类的问题恐怕我无法给你任何内部消息。"

"姐妹们都很担心。"乔治说。

"所以让你来问我！其实有其他办法的。希尔达或许是唯一一个能探出父亲口风的了，她却不愿意去。我能给你的另一条建议只有去问波蒂珊小姐了。"

"打住！我不能那么做！"乔治说，"这太……太……天哪！太不合适了！"

"你看，乔治，鱼和熊掌不可兼得！你们都特别关心父亲的遗嘱，你知道问他没用，或者是你害怕。那你只能往最好的方面想，或者去找克鲁肯先生。如果从唯一的消息源打探不够体面，那就只能采取直接方法或者干脆听天由命。"

"你不明白，珍妮弗。我不能问克鲁肯。父亲但凡还清醒——我也看不出任何他糊涂的迹象——克鲁肯就什么都不会说。其实我不能问他。你能看得这么开是件好事，你不知道金钱的价值！"

这他就不知道了！菲利普已经念叨这个问题很久了，因为怕我应付不了仅有的那点钱。我们后来不再担心了，因为并没有用处，也已经准备好迎难而上了。这些话我无法跟乔治解释，所以只是说他不用担心自己。父亲非常在乎家族的延续和对法莱克斯米尔的精心打理，肯定会为乔治留下一笔财富。

"你倒站着说话不腰疼，一个什么都不用负责的人来叫我不用担心，"乔治抱怨道，"父亲对钱比以往任何时候都更敏感。吉特上预备学校的学费就够我们受的了，轮到伊顿公学①的时候，天知道我们该怎么办。"

乔治现在是家族饼干生意的总经理，听说他只要偶尔在办公室闲坐，拍拍别人的背，签签支票，就可以领回一大笔薪水。

他继续说道："是赛马。真不知道现在的马都怎么了！根本不按人预想的跑！"

我跟他说不该把钱砸在马场，因为我们都听过父亲是如何用他最"文明"的方式谈论自己的父亲是如何赌马输钱，差点毁了全家的。父亲绝不会填补乔治以这种方式输掉的钱。

"而且并不仅仅因为这个，"乔治继续说，"而是潜在的流言。要是你发现他把所有财产都留给了那个女人，你会做何感想？我说的不但是失去你应得的那部分，还有各种流言蜚语。"

我再次提醒乔治父亲很在意把法莱克斯米尔留给家里人这一点。我说："再者，他一定有一笔数额庞大的财产，我不明白你们为什么都这么焦虑，担心他可能会给波蒂珊小姐留一大笔钱。'致我忠诚的秘书，为感谢你10年来的尽心付出'这种事情，很多人都会这么做的。钱会够分的。"

"当然，"乔治解释说，"谁也不会对一笔可观的遗产

———————————
① 英国最著名的贵族中学。

说不。我们怕的更多是更——嗯，让人说闲话的问题。"

我说："不过说实在的，乔治，我觉得父亲根本没有把她当成一个女人看待。她是一台很好用的机器。你无法想象她有多能干，事无巨细地办好所有事情，还能让父亲保持好心情！"

"就是这样！她完全把他控制在手心里了。"

我说："胡说八道！他要把她留在这儿根本无须费力。我觉得她很喜欢待在这儿；她喜欢打理各种家事。我常常觉得她一定很孤独，不过也只是我自己的想法。她看上去并没有不开心。"

"孤独？"乔治吃了一惊。

"是啊，她一个朋友也没有。她的层次要比仆人高，其他人几乎谁也不见。我不知道她在空闲时间里都做些什么，也许大部分时候都坐在房间里；偶尔会一个人出去散步。我之前带她去过妇女协会，想着她或许会感兴趣，不过她太城市化了，跟乡下人没有共同话题，还很怕失了面子。她这日子过得可也真苦啊，毕竟她还不到30岁！"

乔治大笑起来，他总是对妇女协会嗤之以鼻。"我的天！我都快要同情起波蒂珊小姐了！带她去妈妈们的聚会来丰富她的生活！我不得不说，我从没朝这方面想过，在我看来这只会让情况更糟糕。话说她可以去布里斯托吧？去看电影、看剧、逛街之类的。"

"她就算去也是一个人，虽然有宾汉姆在。还记得他是因为波蒂珊小姐才来的；他们是同一个世界的人。刚开始我以为她在跟宾汉姆交往，或者至少有个跟她门当户对的男朋友。不过他们最近好像很少在一起。"

"我的天！要是我们能把她嫁给宾汉姆，问题就解决了。他们可以住在马车夫的小屋里，她就能忙前忙后打理家事了！你觉得没戏吗？太糟了。"

乔治一心只想着波蒂珊小姐的威胁，我觉得可以把话题转回之前提到的一个问题来让他改变思路。

我劝他说："父亲对波蒂珊小姐没有兴趣，一点都没有。他们所有的对话都再正常不过了。'把这个办了，波蒂珊小姐。''好的，奥斯蒙德爵士。'波蒂珊举止优雅，各方面都很不错，但她根本不说话；跟正常人不一样。"

"你不知道你不在的时候他们是怎么说话的。"乔治说。

我敢肯定不论我在不在场，他们说话的方式都是一样的。走进房间时人们要是在讨论私密的事情，必须很快转变语调，因为有人来了，你能感觉到其中的异样，一段停顿，一阵战栗，就像他们的个性还没能安然回到本体中一样。我努力跟乔治解释，可他并不完全信服。

他用像极父亲的口吻对我说："这些问题你不明白，珍妮弗。女孩从不这样。有些男人，特别是年纪比较大的，绝不会因为你说的喜欢一个女人的个性而结婚。他们并不指望女人说出多有内涵的话来。波蒂珊小姐是个很漂亮的姑娘，你必须承认这一点。你只当她是一位干练的秘书，但任何男人都能看到她肤白貌美，秀发飘逸。她不是我的类型，不过我得提醒你，有些男人会被她吸引。你不可能说像她这样有如此婀娜的身段，却不像年纪相仿的姑娘们那样考虑结婚，更不用说嫁个有钱人了。你自己也说她并没有交往的对象。"

类似的话我已经听过了，每次都觉得反胃，真不敢相信父亲是这么看波蒂珊小姐的。我也跟乔治说了。

"接下来就是她跟宾汉姆的问题。抛开其他不说，父亲不会愿意失去他宝贵的秘书。要是他发现她和宾汉姆之间的任何蛛丝马迹，一定会阻止的。"

我说："可你刚说他们可以住在这里，宾汉姆夫人照样可以打理法莱克斯米尔。"

"父亲也许不这么看。他可能会觉得波蒂珊小姐要走，开始跟她说她该成就更好的人生，然后他会想出一个保证能留下她的方法。跟你说，我不喜欢事情变成这样。"

我跟他说："我不想再说了，我无能为力；没有什么需要做的，我也什么都不会做。你要是真那么担心，最好的解决方式就是去想想办法，让父亲叫希尔达搬来这里住。她能陪伴父亲，我不能；她是打理家务的能手，我不是；她才是最好的解药。"

乔治说："我的天！这主意可行！"

总算是为乔治打开了一条新思路，但我提醒他对希尔达谨言慎行，要是她觉得乔治在密谋胁迫父亲，会断然拒绝的。

如此想来，我对波蒂珊小姐从未有过这么深切的同情。这个对话的重要性在于它反映了乔治对父亲的遗嘱有多担忧和不确定。他当时不会希望父亲出任何事，因为担心会出现"可怕的事实"。但他对于希尔达能来法莱克斯米尔还是抱有很大希望的，于是迫切期待能早日把它提上日程，相信希尔达对父亲的影响能让梅尔布里全家万事大吉。

第四章

星期二

米尔德里·梅尔布里（梅尔布里姑妈） 书

家人齐聚在法莱克斯米尔等待圣诞节到来的那几天总是很难熬。兴奋的孩子们制造着各种噪声，每个人都神经紧张，生怕出了差错，让大家翘首期待的圣诞节变得不那么美好。当然，没有人预料到即将发生的悲剧，不过我向来认为家人一旦各奔东西，就不要再相聚的好。当然可以偶尔拜访，不过在我看来让大家聚在一起重温儿时的美好时光就是个错误。姻亲家属们无疑会让问题雪上加霜；并不是说帕特里莎、大卫和戈登人不好，准确地说是他们并不是我们家的一分子，他们也无法很好地融入进来。不过这只是我的个人观点，我无意指责任何人。我弟弟自然是按照他认为合适的方式来处理事情，虽然不确定他被那些在背地里为自己打小算盘的人影响了多少。

对我而言，我一直都很喜欢回法莱克斯米尔。我尝试描述我眼中周二圣诞前夜发生的事，所以会尽可能当圣诞节那天的悲剧没有发生。必须强调的是，就像我之前说的，虽然聚会多少有些别扭，并没有哪怕一丁点迹象令我怀疑我兄弟遇到这么可怕的事是有人事先安排好的。如果是事先计划好的，肯定会有什么预兆。

艾琳娜和丈夫戈登·斯蒂克兰以及两个孩子奥斯蒙德和小安妮是最后一批到的。我是说最后一批到的家人，因为菲利普·切利顿周一下午才来，维特科姆是周二早上到的，刚好赶上午饭。当孩子们可怜的母亲在1920年过世之后，我就代替了她的位置，如果要在孩子们中挑一个我最喜欢的，应该就是艾琳娜了，但我尽量从不表现出来。希尔达当时已经结婚；准确地说她已经丧夫了，所以我并不是很了解她。迪迪或许会更有个性一些，不过不太能听进别人的建议。艾琳娜向来更容易受人左右，她似乎在做任何决定前都要等待别人给她建议或指导。艾琳娜是家里最漂亮的，跟她母亲很像，继承了她的深色眼睛和柔顺的深色头发。

大家在周一都能注意到艾琳娜看起来很担忧，因为这确实很不像她。她向来是女孩子里除希尔达之外最安静的；能从容地接受事实，从不小题大做，可现在大家都发现艾琳娜魂不守舍，甚至有时都没注意到有人在跟她说话。我觉得这并没有什么好奇怪的，也没必要追根究底去探究她是不是因为心怀恶意。艾琳娜总是心事重重，因为她那位能干的保姆在这么尴尬的时候忽然离她而去，找一个新的带来法莱克斯米尔是很困难的。事后发现新保姆的宗教信仰离经叛道，艾琳娜无疑早已有所了解，但要换人已经太晚了，只能祈祷不会出任何岔子。像艾琳娜这样尽心的母亲在那样的情况下自然会担心孩子们的道德福祉，另一个困难是新保姆是个十分抢眼的姑娘。我觉得是挺艳俗的类型，一头红发；这样的姑娘就在你鼻子底下散发魅力，即使是最正直的男人和最忠诚的丈夫都会忍不住注意到她。保姆布莱恩的魅力是与生俱来的，估计连梦游的时候或许都会散发出魅力。这姑娘不受基督教条的约束，这又增添了艾琳娜的担忧。

我必须强调的一个事实是我并没有看出戈登·斯蒂克兰和保姆布莱恩之间有任何不妥之处。戈登是一位绅士，而且依旧深爱着艾琳娜。但他是女人无法抗拒的类型，并且他似乎认为和漂亮姑娘无心的打情骂俏是习以为常的事情。艾琳娜非常了解他，因为很确信他的心之所向，所以并没有把他这些不审慎的言语放在心上。不过她可怜的父亲——我的兄弟奥斯蒙德——是个很严厉的人，总是要对女婿或者媳妇一番说教。他要是看到戈登和保姆布莱恩有任何眉来眼去之意，一定会第一个发现，然后在其他人面前大骂戈登，引起诸多不快也就不足为奇了。这个危险的可能性加重了艾琳娜的心头之患；我觉得这是肯定的。大家都注意到她是如何望着她丈夫，在和别人谈话进行到一半还会走神，不知道其他人在说什么，因为她听到戈登的声音后就竖着耳朵听他在跟谁说话、语调如何。

他们之间的一段对话被包括我在内的其他人听到了，引起了许多猜测。我听到的内容……我敢肯定没有人比我听到的更详尽，其他添油加醋的语言只不过是像滚雪球一样越滚越大的八卦。我听到的内容，我再说一次，只证明了我个人的观点。其他任何人都不太可能提供支持我观点的强力证据，不过我觉得我还是比其他大多数人更能评判艾琳娜的性格。

这段对话发生在周二下午奥斯蒙德的书房内。时间应该刚到下午，因为喝过茶后房间的门就关了，好装点圣诞树，布置点灯仪式。之所以能听到他们的对话是因为通向藏书室的门留了条缝。我恰好知道我弟弟当时和孙子孙女们到公园去了，而波蒂珊小姐大概在处理家事。在我看来是戈登先进了书房，或许是去找书——我弟弟一直把所有参考书都放在那里——或者去打电话。艾琳娜跟着他进去了，因为我们几个坐在藏书室的都忽然听到说："噢，戈登！"语气里满是责备。

帕特里莎和我坐在藏书室壁炉边，一边织毛衣一边聊天，都听到艾琳娜说的那句话，但没听到戈登的回答。我们听到艾琳娜又说："噢，戈登，这样不好吧。"之后的话声音太小，我们都没听清。戈登大声答道："胡说，艾琳娜！"希尔达当时也坐在藏书室写信，她忽然抬起头说："书房的门好像会透风。"便走过去关了门。大家只能听到这么多，对于完全了解他们以及当时情况的人来说很容易理解。

家庭聚会的一大缺点在于这么多人在房子里会让人很难抓到某个人来谈心。对于艾琳娜、迪迪和乔治的婚姻，我背负了重任，所以自然急切地想跟他们每个人静下心谈谈，听听他们想说的话，好让他们有机会卸下内心的负担。

帕特里莎应该没什么烦恼。她总是对要做的事情雷声大雨点小，不过她就是这样的人。我照旧听到她说乔治是如何挥金如土，老是赌博还总是输钱，以及孩子的教育费多么多么高，不过我已经想到帕特里莎会这么说了。我该猜到帕特里莎自己对于乔治来说就是一笔不小的开销，不过他一定忍受不了那种精打细算的妻子，能够盯着家里的预算，总是跟丈夫说这个买不起、那个也买不起。

迪迪是我真正担心的，我很想跟她好好聊聊。迪迪10年前嫁给大卫·埃文施特爵士的时候，不论从哪方面看他们都十分般配。看到她能过上如此安定满足的生活，我感到万分心安。大约他们结婚的一年前，她被一位叫肯尼斯·司道尔的年轻人吸引。他当时有相当一部分时间和托勒德家的人住在一起，托勒德家离法莱克斯米尔仅十几公里。我使出浑身解数说服迪迪跟肯尼斯·司道尔结婚会是一场灾难。首先，他是个演员，虽然你必须承认他很有魅力，可我认为他太不负责，就算是他的事业也无法取得长久的成功。我觉得他在任何方面都不是可以依靠的对象。他的家境并不阔绰，虽然他家在萨福克有一栋还算体面的小房子。住在他们家附近的朋友跟我说，他们家人都特别古怪，难以捉摸，常常招待五花八门的外国人和艺术家。不论是社交还是运动，都跟普通人完全不同。那类人跟我们一点儿都不一样，迪迪要是过上肯尼斯带给她的那种生活，肯定不出一年就开心不起来了。我弟弟不喜欢肯尼斯，也绝不会答应他俩的结合。

肯尼斯之所以对迪迪始终这么关注，目的很明显。迪迪是个俊俏的姑娘，更重要的是，她父亲的地位对他的事业会有很大帮助，给他带来良好的社会背景，这个是他没有的。迪迪的资产无疑是另一个吸引他的地方；他自己应该有些小钱，而演员通常都很能花钱。很难理解迪迪看上了肯尼斯的哪一点，不过他属于姑娘们通常会迷恋的那种不拘小节、无能又轻浮的年轻男子。迪迪最后总算拒绝了他，把他打发走了。虽然这是出于她自己的意愿——被说服他不会是个好丈夫，但我觉得她一直没有原谅我，因为我并没有支持她。可我必须凭良心考虑这件事，还要对我弟弟负责，再者，我再次强调，我一刻都不曾认为他们在一起会幸福。

迪迪嫁给大卫·埃文施特爵士结婚几年后，我们才第一次听说关于他家族历史的流言。我费尽心思不让这些流言传到我可怜弟弟的耳朵里，因为这对他并无益处，而且他肯定会怪我没在他们结婚前告知他。据我所知，奥斯蒙德爵士从未听说过那些流言，否则他一定会跟我说的。

说实话，由于财政紧缩，我在法莱克斯米尔住下前的好几年时间里都避免过多社交，因此不能窥破当下的流言蜚语。我无从得知埃文施特家的任何消息，因为他们不会让自己成为别人口中津津乐道的谈资，更何况他们家还远在英格兰的另一边。

传言说（我到现在也不知道它的真假），大卫祖父家有一种精神病，他的一个叔叔发了病，之后跟一个信得过的随从被送到国外，隐姓埋名地生活，在欧洲一个偏僻角落去世，这样一来小时候认识他的人就会忘却他，也不会有其他人把他和埃文施特家联系在一起。大卫爵士的一个兄弟被报在战争中失踪，但据说活了下来，是个无药可治的疯子，住在一家私人精神病院里。

这些传言毫无根据，要不是因为大卫的脾气，没人会在意。在他追求迪迪的时候，我们从没看出丝毫迹象。其实我敢肯定他当时就开始有这种倾向了，而迪迪本身就缺乏冷静，治不了他的脾气。五六年前的圣诞节期间，帕特里莎的小女儿伊妮德大概三岁，蹒跚着走到在藏书室写字的姑父身边，拉了他的袖子，让他一起扮狗熊玩。我猜她可能是晃了他的胳膊毁了他写的字，他就生气地朝她大吼："给我滚开，伊妮德！"孩子大哭起来，朝她妈妈跑去。

帕特里莎责备了大卫，语气应该比较委婉，问他怎么吓到孩子了。之后的几分钟没人注意到任何异样，忽然我们发现大卫站起了身，在房间大跨步地走来走去。他面目狰狞，眼神露着凶光，下巴在抽搐，像咬着牙一样，但其实并没有真的在咬牙。然后他爆发出一阵我只能形容成"咆哮"的语言。我记不清他当时究竟说了什么，大概是说"我现在连个孩子都不能碰了！连孩子自己都知道！"我太惊讶了，听不进他的任何话。迪迪忽然冲了进来，满脸恐慌，然后好容易把他弄走了。他那天没有再出现，迪迪道歉说他头疼得厉害，所以才发了那么大的火。但据我对大卫的了解，他并不是个能默默忍受痛苦的人，他也完全没有提过头疼的事。

在那之后，类似的情况又发生过几回。大家自然都努力避免惹怒他，但很难捉摸透究竟什么事会激怒他，一般都是些鸡毛蒜皮的事。孩子们无疑也很怕他。

迪迪的事自然让我更加担忧，每年圣诞节我都会关注事态的发展。大卫一定是个很难相处的人，迪迪的性格也不是能够轻易容忍他的类型。我可怜的弟弟总是以责备的口气说他俩没有生个一男半女，这并没有让迪迪更加好受。我个人认为是迪迪有意不生，怕把遗传性精神病带给孩子。

在圣诞前夜，我好不容易找到和迪迪独处的一点时间。我听说之前一直在国外的肯尼斯·司道尔又回英国了，我怕她会再次联系肯尼斯，引起不满，想提醒她不要做鲁莽的事。他还未婚，迪迪对他仍有心动的感觉——或者她还有这种念头——一种要是与他结婚就不再珍惜生活的爱恋。我认为她让自己成为这种话题的谈资是很不明智的，因为要是传进她父亲耳朵里，他一定会大为光火，加上我们大家显然都因为遗嘱有些焦虑，而他一点消息都不肯透露。

迪迪听了我说的话非常生气，愤恨地说要是之前同意她跟肯尼斯结婚，她就会是另外一个人了。这话倒不假，但并不是变成更好的人。她说她会处理好自己的事，肯尼斯是唯一会同情、理解她的人。这句话让我心头一紧，因为一个已婚女人如此评价丈夫以外的人是个危险的信号。我说要同情一个不用共同生活在一起的人会容易得多。

她的语气没有那么愤怒了，但还是很不开心。她说我不理解她，"所有事情都一团糟。我只想到一个办法，这个办法不可能行得通——现在还不行。父亲永远不会理解的。而我……是个胆小鬼。"

迪迪说的这些话我还记忆犹新，她的意思很直白：奥斯蒙德又在愁她为什么不生孩子，而她害怕把原因告诉他。

我鼓励她把心里的担忧与我探讨并接受我的建议，可她只是说，发生了我之前注意到的摩擦，"父亲不要指望会有外孙了"。

这次谈话并没有减轻我的担忧，可我已经无能为力。迪迪是很固执的人。

圣诞聚会并没有因为奥斯蒙德的秘书波蒂珊小姐的加入而更让人愉快。奥斯蒙德像家人一样待她，让她自视过高。有人说了难听的话，说我可怜的弟弟对她动了心，但我不会容许这种流言滋生，虽然谁也无法不关心她最后能靠耍手段和做作的友善从我可怜的弟弟身上榨出多少钱。但愿我无须明说，一旦这姑娘达到了她贪婪的目的，如果我可怜的弟弟命不久矣，受益的就是她了。

第五章

圣诞节

格蕾丝·波蒂珊　书

　　奥斯蒙德爵士生前特别邀请我到法莱克斯米尔参加圣诞节的家庭庆祝活动，鉴于自己的身份，我自然不想花太多时间在仆人休息室，也不想在这样的节日一个人待着，所以很高兴能遵从他的意思。珍妮弗小姐一直都很和善，虽然她或许不太能理解我的品位，不过她显然很努力地让我有宾至如归的感觉。她常说我在这儿一定很无聊，这倒是真的，不过有很多其他地方能补偿这个不足，比如，能住在一位绅士的家里，享受优越的环境。

　　可怜的奥斯蒙德爵士是个很好的人，现在要写下圣诞节当天的情况似乎是件很可怕的事，当时我完全没料到会出现这样一个令人震惊的结局。我们大家都小心翼翼地期待能诸事顺利，正当那一天就要开心地度过时，可怕的事情发生了。在发生了如此晴天霹雳的事之后，在我看似已经拿到的铁饭碗化为泡影之后，要这么直白地写下圣诞节发生的事情是很困难的，不过我还是会尽我所能。

因为他们一家情况复杂，很多事情并不会那么顺利，除了担心奥斯蒙德爵士的计划会出岔子之外，我还有点担心他们家人并不喜欢我像家庭成员一样参加所有活动。珍妮弗最大的姐姐温福德夫人是个很体贴的人，她的女儿卡罗尔总是对我很尊敬；我觉得有时候比对她的几个姨妈还更尊敬。不过现在的年轻人都这么有礼貌。虽然我总是竭尽所能按照他们喜欢的方式来处理家事，奥斯蒙德爵士其他几个女儿的态度都挺生硬的，毕竟这里之前是她们自己的家，我敢说他们有些嫉妒我在这里的位置。

有趣的是，大概一周前，哈利·宾汉姆问我是否能在他早上从教堂接回一家人之后，一起休一天假，说要带我去布里斯托，然后在酒店吃一顿真正的圣诞大餐，再跳跳舞。

他觉得他们甚至会把车借给我们。好吧，我确实考虑过这个提议，不过一切都未定，我想着还是等等看圣诞节会有怎样的安排，再问问奥斯蒙德爵士哈利的计划是否可行。能够享受属于自己的圣诞节是个小小的诱惑，但我还不确定是否想跟哈利·宾汉姆一起去。他有些沮丧，因为我并没有听到他的提议后就欢呼雀跃，并立刻点头答应。他带着情绪走开了，我最近常注意到他这样，这对他的事业不会有好处。

结果呢，当奥斯蒙德爵士拿定主意要扮圣诞老人的时候，我不愿因我的缺席而出现差池，如果出了什么事，奥斯蒙德爵士会很不开心。他让我参加家庭聚会时，我猜他会希望我能在他需要的时候在场搭把手，所以决定不对哈利·宾汉姆的计划做任何回应。我想着或许能在元旦出去，或另找时间。

我觉得哈利已经认定我不会跟他出去了，不过我还是不想把这个决定告诉他，好在最后的情况没有很糟。圣诞节前的周六，哈利自己跑来跟我说要推迟我们俩外出的时间。奥斯蒙德爵士跟他说了要布置圣诞树上的灯，厨子也跟他说希望他能在圣诞晚宴的时候在场。他向来都在仆人休息室用餐，虽然位高一等，但仍很乐意跟仆人们在一起。

他说："我觉得，我要是拒绝了奥斯蒙德爵士给我们的安排，他可能会不太高兴。弄不好还会带来什么影响。可能我还得布置圣诞树，我们还是改天再出去吧。"

哈利看起来已经把失望抛到了脑后，对事态的发展还挺满意的。他还说了关于圣诞老人的安排，是载奥斯蒙德爵士出门的时候听爵士说的，哈利似乎还挺期待。

他开玩笑地说道："'Santa Klaus①'，我们要这么称

① 译者注：源于英国的"圣诞老人"称谓。

呼那个老顽固。"我知道奥斯蒙德爵士对我们说"Santa
Klaus"心存芥蒂；他说因为这个词源于德国，在第一
次世界大战期间就不用了。现在虽然不用介意了，而说
"*Father Christmas*"①又太傻了。这个称谓的意思是圣尼古
拉斯，他才是真正坐着驯鹿雪橇的老爷爷。哈利知道得一
清二楚。

扮圣诞老人的计划差点泡汤了，因为衣服并没有在周
六送到，周一早晨也没有送到。因为之前建议奥斯蒙德爵
士等到周一，所以周一还不见衣服来的时候我很着急。他
铁了心要扮圣诞老人，我知道要是计划无法执行，他会很
不开心。我想好了，要是周一衣服没有随火车送到，我就
去布里斯托买点材料自己准备，就是胡子比较费事，但应
该可以买到。不过没必要了，衣服随下午的火车送到。我
和哈利一起去车站取了包裹回家。我打电话时他们说周五
早上就寄出了，但我敢说在忙碌的圣诞季他们根本没寄。
话说回来，我们第一次订的衣服一直就没来，还好我们又
买了一件让人随火车寄来。

圣诞节的早晨比我预想得还顺利。那天天气很好，虽
然对于一年的这个时节来说有些热，不太像圣诞节的天
气。奥斯蒙德爵士希望大家都去教堂，在节日展现和谐的
家庭氛围。这一大家子的人数几乎比其他所有教徒加在一

---

① 译者注："圣诞老人"的另一种说法，源于美国。

起都多，自然活跃了教堂的气氛。

关于两个最小的孩子——斯蒂克兰夫人的安妮和乔治·梅尔布里的克莱尔——要不要留在家里有一些争执。奥斯蒙德爵士说他们应该要学着在教堂里乖乖表现，两个保姆也要去，可斯蒂克兰夫人的新保姆是个不信教的人，并不想去教堂。其实她对去教堂十分反感，说她是负责照顾孩子的，这点她会做好，但不能违背她的信仰。奥斯蒙德爵士十分不悦，斯蒂克兰夫人也是，她是个作风正派的人，一定不会雇这样的女人，但她原来的保姆刚好有事不在，也由不得她挑三拣四了。在我看来，保姆应该保留自己的观点（如果能被称作"观点"的话），不应以这种方式伤了一家人的和气。

不过最后一切都安排妥当了。新光车里，我坐在哈利旁边，后排是奥斯蒙德爵士、米尔德里·梅尔布里小姐和斯蒂克兰夫人的两个孩子。哈利尖刻地说什么我现在是家里的一分子了，坐在他身边很掉价。有时候我真不知道哈利在想些什么。乔治·梅尔布里先生开着他的奥斯汀，带着妻子、最小的女儿和保姆，还有埃文施特夫人。其他人都走路穿过庄园。埃文施特夫人说她头疼，就在布道开始前带着两个最小的孩子走路回家，把他们交给不信教的保姆了。在发生了之前的事情之后，尊敬的乔治·梅尔布里夫人还愿意让小女儿接受这种女人的影响，这让我感到惊讶。

除了家人之外，法莱克斯米尔还有两位男士：菲利普·切利顿先生，他很受珍妮弗小姐赏识，奥斯蒙德对他或许就没有这么高的评价；另一位是奥利弗·维特科姆先生，他是个举止很绅士的年轻人，外表十分英俊。维特科姆先生是扮圣诞老人的人选，要穿着耗费很多心力弄到的那套衣服。我觉得他不太喜欢这个主意，不过是奥斯蒙德的心愿。鉴于奥斯蒙德爵士在圣诞老人的想法上花的心思和费的时间，家里人似乎对他并没有很感恩。尊敬的乔治·梅尔布里夫人滔滔不绝地说自己的孩子很躁动，受不了太多刺激，还有小克莱尔无论如何都要按时上床睡觉。没有孩子的埃文施特夫人从不吝于给其他人建议，似乎还认为圣诞老人已经过时了，会被孩子们认出来。好吧，我自己倒挺喜欢在节日期间享受些许"过时"的乐趣。

斯蒂克兰夫人比别人更快接受她父亲的想法，斯蒂克兰先生跟孩子们开玩笑，说要看看圣诞老人的鼻子上有没有灰，因为他是爬烟囱下来的；还想把奥斯蒙德爵士书房墙上那对在苏格兰打到的鹿角安在圣诞老人的头上，再披上熊皮毯子——他称之为当地特色。奥斯蒙德听了有些不快，说："别扮傻子了，戈登，这可不是你们演的一出哑剧。要让孩子们自己想象。"

切利顿先生说："奥利弗是唯一一个有资格在这个时候扮傻子的人，可他一点儿也不觉得有趣。"我觉得他这么说维特科姆先生有些过分。

圣诞树被安放在藏书室，宾汉姆已经在上面挂好了小小的彩色灯泡，都是通电的。午餐过后，维特科姆先生离开了，去穿红外套、戴假胡子等装扮，切利顿先生也去帮他了。奥斯蒙德爵士让我们大家都跟维特科姆先生说再见，因为想让孩子们认为他已经走了，而圣诞老人是个——这么说吧——从未见过的人。所以我们大家都说他不能留下来很遗憾，埃文施特夫人祝他旅途顺利，接着小吉特大声喊道："维特科姆先生还没打包行李！我午饭前才看过，之后他都没有机会收拾！他的牙刷还没拿呢，他不能走。"

斯蒂克兰夫人为了不让他乱说话，对他说，我们希望维特科姆先生晚上能回来，然后吉特问什么车会去接维特科姆，他能不能去看看，接着又被要求不许说话。我们一席人和孩子们当时都在起居室。孩子们有些躁动不安，因为除了早上的长筒袜，他们还没收到其他任何圣诞礼物，奥斯蒙德爵士已经把所有礼物都放在圣诞树上或者堆在它的旁边了。吉特无疑是最吵闹的，他真是个很任性的孩子。他的大姐伊妮德喜欢让祖父高兴，知道有什么事情要发生，便不停地问："我们的惊喜什么时候来呀，爷爷？"

终于，切利顿先生回来了，对我们说："他安全离开了！"这句话是个信号，表示圣诞老人已经在藏书室准备好了。

奥斯蒙德爵士说道："我好像听到驯鹿的声音了。"他有点失望没有下雪，因为他本来要说听到拉雪橇的声音。"圣诞期间会发生各种奇妙的事哦，孩子们。安妮，到藏书室看看里面是不是有人在等我们。"

小安妮听了这话被吓坏了，她才4岁。斯蒂克兰夫人说："是个很慈祥的人。"

小吉特插嘴说："驯鹿才不会跑到藏书室里呢！我要去车道看看吗？"

"也许是维特科姆先生回来拿牙刷了！"小奥斯蒙德说。

"瞎说！"奥斯蒙德爵士有些严厉地说道。孩子们有时候爱打破砂锅问到底。"到藏书室看看吧，安妮！"

安妮哭了起来，向妈妈跑去。还好乔治·梅尔布里夫人最小的孩子克莱尔胆子大，说："我去瞧瞧！"她跑向藏书室，门敞开着，她小心翼翼地往里探，只见一大棵亮着灯的圣诞树和一位圣诞老人。她尖声叫道："噢，噢，噢！是圣诞树！"其他孩子跟在她后面一拥而上，我们跟在孩子后面走了过去。

一切都进展顺利。圣诞老人分发了礼物，仆人们都进来看热闹，场面一片温馨。奥斯蒙德爵士为每个大人都准备了别致的礼物，还有几十个给孩子们的礼物，这些之前都被收起来了。所有礼物都被拆开欣赏过之后，孩子们开始在大厅玩玩具，因为大厅更宽敞。吉特在摆放火车轨道，伊妮德在他旁边玩奥斯蒙德爵士送她的一个大娃娃，但一眼就能看出她非常想玩吉特的新火车。一些大人在大厅里陪孩子们玩，或在旁边看，其他人则回起居室听无线电广播。

当几乎所有人都离开藏书室时，那里散落着各种包装纸和绳子，奥斯蒙德爵士告诉宾汉姆说他关掉树上的灯就可以走了。宾汉姆一直在帮吉特组装火车，跟他说要怎么玩。奥斯蒙德特地嘱咐他在关灯前必须在场，防止发生意外。奥斯蒙德爵士对屋子里的电器十分上心，因为看了太多好端端的老房子被着火的电线毁于一旦的例子。

奥斯蒙德爵士随后跟我说他要到书房去；他有点累了，想在下午茶前稍微休息一下，同时他也习惯在圣诞节开始写感谢信。这些他都亲力亲为，每天都要处理这么多事务，他做事很有条理。

当天早晨，奥斯蒙德爵士收到过一封专人投递的信，上面写着"私人信件"。他对着信端详了很久，我看上面只打了三四行字，而且没有署名。他始终没告诉我里面是什么，只跟我说有必要的话（因为他的记忆力不如从前了）务必提醒他在当天下午3:30～4:30有个约会。我觉得很奇怪，在圣诞节安排商务会见并不常见。奥斯蒙德爵士说只是私人事务，但他想在书房准备妥当，我据此推断他是在等私人电话。

所以在圣诞节当天下午，当他说要去书房的时候，我当即认为他记得会见的事，不过为了确认，我说看来没必要提醒他有电话要等了，然后他说没关系。这是我对奥斯蒙德爵士说的最后一句话。他对我说的最后一句话是他走进书房时说的——"谢谢你，格蕾丝。有个随时都能依靠的人是我的幸运。"

奥斯蒙德爵士随后喊了还在藏书室等候的维特科姆先生来，他还是一副圣诞老人的装扮，跟着进了书房，我猜是去听候吩咐，要在仆人休息室发放礼物了。原先已安排好他要穿着圣诞老人的衣服发礼物，奥斯蒙德爵士特别要求：要喜气洋洋地面对每个人。我们大家都知道维特科姆先生不太喜欢这个环节，因为仆人们自然都认识他，他可能会觉得有点傻。

奥斯蒙德爵士跟维特科姆先生走进书房后，藏书室里只剩宾汉姆在看着电灯，还有我。我猜没有人具体知道奥斯蒙德爵士在哪儿，他又是什么时候去的书房。我开始收拾包装纸和绳子，但还在忙于电灯的哈利过来把所有垃圾扫到角落，说暂时不用理会这些，应该先享受聚会的乐趣。所以我就去和其他人会合，看了看孩子们的礼物。

圣诞老人——也就是维特科姆先生，不久后就从书房出来，穿过大厅，从楼梯左侧的后门走了出去；很快他应该是又从餐厅回到了大厅右侧，怀里抱着一堆彩炮。他走到跪在地上玩火车的吉特身边，递了一个彩炮给他拉。彩炮爆炸时发出的巨大响声，吸引了其他孩子们的注意，于是他们纷纷跑上前来，圣诞老人分着满怀的彩炮，孩子跑来跑去，我们几个也在大厅一起拉彩炮，发出了一阵震耳欲聋的响声。圣诞老人进了藏书室，我想是去拿准备送到仆人休息室的礼物了。

一段时间之后我们才又见到圣诞老人通过后面的走道进了大厅。他来到大楼梯的底部，晃了晃空空的口袋，表示所有礼物已经分完了，然后对着孩子们喊着"明年圣诞节再见"之类的话，随后进了藏书室。我们不确定接下来会发生什么，大家应该都在期待。我知道原先的计划是他要向奥斯蒙德爵士报告，奥斯蒙德爵士会到大厅来召集我们，一起从前门送圣诞老人离开。他应该是从藏书室进了书房，因为那扇门恰好是离奥斯蒙德爵士最近的。我不清楚之前那封私人信件中提到的会见计划是否有变，我们需要做什么，就随时准备着行动。

然后我听到了一阵书房门把手的咔嗒声，像是有人要从里面出来而转不开把手。我跑到门前试着开门，发现门锁上了，钥匙不在外面。我说"钥匙应该在里面"，但不一会儿圣诞老人进了藏书室，轻声关上了身后的门。他快速看了看四周，走到站在我旁边的温福德夫人身边，之前我俩正在聊天。我们看到了他那副面无血色的表情，虽然戴着假眉毛和假胡须，还涂着腮红，但走近后可以看清他真实的面容。他脸上似乎有两种表情，快活的圣诞老人妆下是惨白的神色。

他声音很轻地对温福德夫人说："快把孩子们带走。出事了。你知道乔治在哪儿吗？"

她倒吸了一口凉气，用手捂住了嘴，看向了书房，又看向圣诞老人，一个字都说不出来。

他点点头说："对——奥斯蒙德爵士。他好像开枪自杀了。"说这句话时，他扶着温福德夫人的手臂，像是提醒她不要尖叫并防止她晕倒，但她似乎稳住了自己。

她说："我得去看看他——医生——格蕾丝去打个电话。"

"希尔达！恐怕医生也已经帮不上忙了，无能为力了。别到书房去；等乔治来。波蒂珊小姐，去找人照顾孩子们。"

从他的态度和说的话来看，我知道事态十分严重。我非常害怕，但我知道不能引起骚动，惹得孩子们尖叫。虽然我又害怕又想哭，身子还在颤抖，看到他穿着圣诞老人的衣服，带着妆而又眼神呆滞的糟糕模样，还是直想笑。我稳定情绪，告诉他乔治·梅尔布里先生应该在客厅，不久前我刚看到他进去。温福德夫人站在那里看着周围，脸色煞白，但似乎还能照顾自己。然后我看到了布尔保姆，想让她去看着孩子们，但又想到要是我对她下命令，可能会取得相反的效果。之后我又看到了斯蒂克兰夫人，幸好是她，而不是尊敬的乔治·梅尔布里夫人，我把维特科姆说的话告诉了她。

之后具体发生了什么我就不清楚了，但一切都安静得可怕，连孩子们都奇迹般地安静下来。斯蒂克兰夫人和几个保姆没有费太大力气就把孩子们都带走了。我还是觉得应该打个电话，于是走进藏书室，接着想起来书房的门锁上了。进去的时候我看见温福德夫人站在锁着的书房门边。维特科姆先生仍旧是那身装扮，看起来糟糕透了，不过他应该忘了这一点。当温福德夫人开门时，他急匆匆地赶来，跟她进了书房，我在他们后面走了进去。

我们惊讶地看到（至少我很惊讶）埃文施特夫人站在书房里，背对着房子侧面的窗户。她靠一边站着，就在角落里桌子的椅子后，奥斯蒙德爵士平时就在这张桌子前写东西。我刚好能看到椅子上的奥斯蒙德爵士，他没有坐直，滑到椅子一边的扶手上，头垂到桌子下。埃文施特夫人脸色惨白，我能看到她的双手在颤抖。

温福德夫人跑上前，来到奥斯蒙德爵士的桌前，没有理会妹妹；她站在那儿低头看了看父亲，倒吸了一口气，全身僵硬，双手张开。

乔治·梅尔布里先生快步走过来说："等等，希尔达！"他走到她身边，扶着她的胳膊，像要把她往后拽，这时维特科姆先生说："你已经无能为力了。"她挣开了束缚，又朝父亲走了一步。维特科姆先生又说："没用了，温福德夫人。我们什么都不该碰。"然后他转向我，让我打电话请医生来。

我走到另一个角落里的那张小桌子前，上面摆放着电话。我坐了下来，周围的一切似乎都在飘，我的手在抖，虽然对号码了然于心，但还是几乎无法拨号。在等待号码的时候，我听到温福德夫人用一种奇怪的嗓音大声问道："珍妮弗和卡罗尔在哪儿？"

维特科姆先生应该已经把她和埃文施特夫人带离了房间，随后乔治先生过来找我。当听到我说泰朗特医生会马上来的时候，他问我知不知道哈尔斯托克上校的电话，上校是奥斯蒙德爵士的邻居、郡警察局长。我把号码给了他之后，他就坐下开始拨号。我不知道自己是否该离开，就在一旁等着。我从电话桌边稍走开一些，走到能更好地看到奥斯蒙德爵士的位置。他整个人歪斜着倒在椅子里，朝墙壁一侧倾斜，我能看到他额头侧面一个深色的弹孔和流下的一丝血迹，一把长长的手枪放在他面前的桌上。这幅景象让我不寒而栗。我不敢碰他——他看上去一点生气也没有了，但又不忍心看他就那样歪着。

然后我听到藏书室里的说话声，珍妮弗小姐走了进来，径直来到奥斯蒙德爵士的桌前，站在那里低低地"噢"了一声，拖长了声音，然后只是说："太可怕了！"

她在那里站了一会儿，就走到桌边拿起了手枪。乔治先生正在讲电话，背对着她，但他知道她进来了，应该是听到了她拿枪的声响，于是厉声说："什么都别碰，珍妮弗！"然后继续讲电话。

我什么也不想做，什么也不想说。珍妮弗没有理会哥哥的话，拿了一会儿枪后把它又小心放下了，然后站在那儿看着桌子和桌上的东西。随后她转头看见了我。

她说："我不知道该怎么办！"但更像是自说自话。

乔治先生这时打完电话站起身说："说真的，珍妮弗，别碰屋里的任何东西。不要留在这儿了。"

他看向我，像是想让我做点什么。我吓得呆若木鸡，因为感觉珍妮弗小姐已经吓得有些神志不清了。她的脸色像鬼一样煞白。我走向她，说服她离开书房来到藏书室。

温福德夫人在藏书室坐着，仍旧带着那副僵硬的神情，似乎不知道周围发生了什么。埃文施特夫人站在她身边，背靠着窗，站的位置跟在书房一样。她的手抓着窗沿，像是要晕倒了。之后，大卫爵士来到藏书室门口，快速扫视房间，看到妻子之后，他走过去站在她身边，可她压根没有理会。

其他人一个个进来了。斯蒂克兰夫人在低声哭泣。斯蒂克兰先生跟在她身后进了屋，两人一起坐了下来。维特科姆先生似乎找到了所有人并把消息告诉了他们，他进来抓着奥斯蒙德姐姐的手臂，半扶着她。她抽泣着大声哭喊道：

"去安抚其他人吧！乔治在哪儿？他应该来安抚他可怜的妻子和妹妹们。天哪，天哪！怎么会发生这样的事？我一直都说在圣诞节办聚会不是什么好主意，可谁都不愿听。天哪，天哪！"她坐了下来，继续不停地边哭边说"天哪！天哪！"

乔治先生的妻子跟他们走了进来，也在说话，我觉得语气挺张扬的："怎么选在这个时候！噢，太可怕了，太可怕了！孩子们还好吧？我们必须做点什么。竟然在今天这种日子！大家都这么开心的时候！太可怕了！"

没有人过多理会她，只有维特科姆先生在把梅尔布里小姐扶到椅子上坐下之后向她走了过去，试着安抚她。他已经脱下圣诞老人的衣服，摘下了胡子和假眉毛，但腮红还在。我猜没人想把这个告诉他。

门忽然开了，卡罗尔小姐冲了进来，然后又停下脚步说道："噢！我母亲呢？出什么事了？"众人一片惊人的静默，然后她看到母亲向她示意，就走过去坐在她旁边，低声与她说话。

随后切利顿先生走了进来，他看上去似乎也是匆匆赶来的，这也情有可原。他焦急地看了看四周，看到了珍妮弗小姐。她也看着他，见到他来，似乎松了口气。然后切利顿先生朝她走了过去，跟她说话。

就在这时，斯蒂克兰夫人走到我身边，让我去看看在日间儿童室的孩子们和保姆们是不是喝上茶了，跟保姆说让孩子上床睡觉。我很高兴终于有事做，就离开了。我无法接受奥斯蒙德爵士已经死了，在藏书室时我坐立不安，不知道我该不该留在那里，因为可能有事情需要我处理，可我感觉他们并不希望我在那儿。其实我感觉每个人好像都不希望某些其他人在场，因为一有人进屋，有人就抬头看，好像来的人把事情弄得更糟似的。屋里就像一群人在说悄悄话时忽然被人撞见，让人尴尬。以上就是这场晴天霹雳事件的经过，大家都无法确定究竟发生了什么。

第六章

事件经过

霍姆郡警察局长　哈尔斯托克上校　书

这绝对是我经历过最困难、最痛苦的悲剧！我的老朋友奥斯蒙德·梅尔布里爵士在圣诞节被人发现在他的书房中枪身亡。证据似乎指向房子里的某个人是凶手，里面的一大群人中几乎包括他家的所有人，从他们小的时候我就认识他们了。

此时此刻（圣诞节晚上 11:40，刚从法莱克斯米尔回来），我会记录自己的印象和客观事实。

以下是基本达成一致的事实：

圣诞树的活动结束后，奥斯蒙德爵士大概在 3:30 进了书房，这是波蒂珊小姐和司机宾汉姆最后一次看见他的时间。维特科姆先生扮成圣诞老人，跟在他后面进了书房，在里面听从他关于在仆人休息室分发礼物的安排。奥斯蒙德爵士说他在下午茶前（4:30）都会在书房等电话。维特科姆先生要在扮完圣诞老人之后在那里向他汇报（本段对话只有维特科姆先生提供的证词）。

在接下来的半小时内，其他人都分散在大厅和客厅。波蒂珊和希尔达·温福德说她们一直在大厅，并清楚确认了对方的证词，称在开始的5或10分钟后一直在跟对方聊天。大家都不确定在这半小时里见过其他任何人。

乔治·梅尔布里的妻子帕特里莎在客厅跟艾琳娜·斯蒂克兰聊天，之后进了大厅安抚两个吵架的孩子。艾琳娜跟着她进了大厅，这时听到拉彩炮的声音，她想着女儿可能会被吓到。伊迪斯·埃文施特说她一直在客厅。梅尔布里小姐曾上过楼拿正在编织中的衣物。珍妮弗说她当时在"四处走动"，主要在大厅陪孩子们玩。卡罗尔·温福德也这么说。以上就是女士的证词。

几位男士，乔治·梅尔布里、大卫·埃文施特和戈登·斯蒂克兰说他们大部分时间都在客厅。乔治说他去过一次大厅看看情况，因为父亲吩咐过要"送圣诞老人离开"，他在留意召集大家的时间，随后返回客厅。戈登·斯蒂克兰说他一直坐在客厅做填字游戏，没有特别留意谁进出了房间。大卫·埃文施特说开始拉彩炮的时候，他朝大厅看了一眼是什么情况，然后因为噪声和气味，他想去透透气，就从前门出去，在房子前的车道上来回走了一会儿，约5分钟后返回屋内。

菲利普·切利顿说他在到处走动，主要在跟珍妮弗和卡罗尔聊天，她们俩也都说"差不多一直在"跟他聊天，但我觉得她们的说法比较含糊。简单说，似乎不太可能完全确定任何一个人在那半小时里的具体动向。

在维特科姆与奥斯蒙德爵士在书房分别后，没有人确认看到其他人再进过书房，直到维特科姆再次进入，发现他已经死了。他显然是在维特科姆离开后中枪的。*关于这点的证据*：波蒂珊小姐在维特科姆跟着奥斯蒙德爵士进入书房时还在藏书室，她证明当时门没关，能听到他们俩的对话声，直到她走进大厅。宾汉姆也在藏书室留了一会儿，他同意门没有关上的说法。维特科姆知道他们在那儿，而且很难判断他们何时离开，所以可以排除维特科姆跟随奥斯蒙德爵士进入书房杀害他的可能性。

维特科姆从通往大厅的那扇门离开书房，但书房可以从藏书室进入，藏书室和餐厅之间也有门——也就是说，你可以从大厅后面的通道这条路进入书房而不用进入大厅，鉴于藏书室的门是关着的，也不会被人从大厅看见。

据众人的供述，下一位到达书房的人还是奥利弗·维特科姆，他说是在仆人休息室分完了礼物，依照奥斯蒙德爵士的指示前去汇报。他从大厅进入藏书室（目击者数人），再进入书房，时间约下午4:00。发现奥斯蒙德爵士坐在写字桌前，头部侧面中枪——已死亡，手枪放在面前的桌上。

维特科姆说他只摸了奥斯蒙德爵士的心跳，其他没碰任何东西。尝试打开通往大厅的门但发现已上锁（我到时门确定是锁着的，钥匙还没找到），于是从藏书室进入大厅，锁上了书房的门，以防孩子们跑进去。他跟希尔达·温福德和波蒂珊小姐说过话，看到乔治·梅尔布里在客厅，也与他有过交谈，之后返回藏书室。进入藏书室时，他看见波蒂珊小姐和温福德夫人也在里面，温福德夫人刚打开书房的门。他跟着进了房间，发现埃文施特夫人已经在里面了。乔治·梅尔布里很快在他们后面也进了书房。

根据乔治的要求，波蒂珊小姐给泰朗特医生打了电话（他说她的声音听起来很不安，话的大意是奥斯蒙德爵士开枪自杀了）。乔治本人给我打的电话（据我自己观察，我接到电话的时间是4:12）。电话接通的时间有些许延迟，线路也不是很清晰；我一开始没听清乔治在说什么。泰朗特医生于4:27抵达，在此之前乔治一直留在书房。珍妮弗·梅尔布里在他打电话的时候进了书房。他似乎在给我打完电话后把所有人请出了房间，他一个人留在里面。我到的时间是4:46。警察和警医（通知人是我）不久后抵达。维特科姆报警后，独自在书房和尸体待过的人，先是伊迪斯·埃文施特，之后是乔治。

医生报告的主要意思是奥斯蒙德爵士是在近距离受到枪击，可能是30 ~ 50厘米，位置在头部*左侧*，几乎可以确认是他面前桌上的武器造成。手枪射出过一发子弹。杀死奥斯蒙德爵士的子弹已由医生从其头部取出，子弹与该武器匹配。医生认为奥斯蒙德几乎不可能是自杀。他不是左撇子（我自己的认知，其他家庭成员也证实），枪管并没有抵在头上——若是自杀，十有八九会从这个位置开枪，同时会有清晰的烧伤痕迹。虽然奥斯蒙德爵士的双臂从椅子的两侧垂下，武器却没有掉落在地上，而是被放回桌上。发现枪时，枪被横放在他面前的桌上，若面对尸体，枪尾最靠近桌子右侧（参考有关珍妮弗的记录）。奥利弗·维特科姆说他第一次看见尸体就注意到这把左轮手枪了，但并没有特别留意它摆放的位置。

乔治确认这把武器是一支点22口径的手枪，归奥斯蒙德爵士所有，通常被放在枪械室。没人记得最近见到过它，不论是在枪械室、书房还是其他地方。弹药可以从枪械室拿到。枪械室的门通常是锁上的，但钥匙就挂在钩子上，钩子在枪械室门边的走道里（大厅后面），孩子们够不着。这点似乎是大家都知晓的。

书房里没有暴力争斗或以抢劫为目的的混乱迹象。在目前简单的调查后，乔治、波蒂珊小姐和其他人证实没有物品不在原位或丢失。

奥斯蒙德进入书房后不久，大厅里出现很响的拉彩炮声，枪声很容易就会被掩盖；门和墙都很厚重。没有人声称听到了枪声。大厅里孩子们嬉闹的声音、玩具火车等普通的噪声应该也很大。没有人声称听到书房里的任何噪声——抬高的说话声或类似的声响。

以下是对参加聚会人员的印象。

要面对的一个明显事实是，几乎每一位参加聚会的人都能从奥斯蒙德的死获利，虽然在看到遗嘱前无法确定数额。

*乔治·梅尔布里*表现出的悲痛和惊讶很自然，没有不正常的地方。似乎采取了正确的行动，除了让其他家庭成员进出书房以及在发现这场悲剧后表现有些怪异之外。

*珍妮弗·梅尔布里*获得的利益可能会比姐姐们多，因为奥斯蒙德爵士的死清除了她嫁给菲利普·切利顿的障碍，或许还能为她添一笔收入，让他们的结合没有艰难险阻。

珍妮弗说她恰好进了藏书室（在发现悲剧发生后），看见奥利弗·维特科姆和其他人也在里面，发现她父亲中了枪。她立刻进了书房，乔治当时正在打电话（给我打电话）。

在通话过程中，我听到一部分乔治对她说的话："……别……珍妮弗。"我向乔治问起这件事时，他说从他坐的位置看不见珍妮弗，但听到了一种"刺耳的声音"，认为她是撞到了奥斯蒙德爵士的桌子，所以提醒她不要碰任何东西。在询问珍妮弗的时候，她非常难过；说她不知道自己在做什么；看到父亲那副样子对她打击很大。她承认自己确实动了手枪——"只是因为放在那里很奇怪；我当时无法把它和任何事情联系在一起"。她不记得枪具体是怎么摆的，或者她是否改变过枪的位置。

珍妮弗的证词无疑十分含混不清，但她显然受到了打击。

*波蒂珊小姐*或许要面临一无所有的境地，而不仅仅是失去好职位。她看上去很难过，也很害怕（我认为对于她的处境来说是自然的反应，家里有些人并不是很喜欢她）。她的证词很清晰。她跟随乔治和希尔达进了书房，被叫去打电话给医生，随后跟珍妮弗一起离开了书房。

*希尔达·温福德*说，从维特科姆那里听到消息的时候，她的第一个念头就是去看她父亲。她知道书房通向大厅的门锁了，因为维特科姆想从里面开门的时候她就站在附近，所以她从藏书室进了书房。打开书房门的时候，看见妹妹伊迪斯在里面。几分钟后随维特科姆离开。

明显十分忧伤；看上去备受打击；但说话思路清晰。

*卡罗尔·温福德*说男仆帕金斯告诉她"书房出事了"，然后她发现其他所有人都到藏书室去了，就一起去了。不

知道为什么其他人没有告诉她，抑或她没有察觉到异样，但整个下午都有一种有关圣诞老人"接下来会发生什么"的感觉，她说对圣诞老人感到很厌烦。不愧是年青一代的思想！我觉得她似乎知道得比想要透露的稍微多一些。

*帕特里莎·梅尔布里*是个说话不经脑子的类型。在大厅听到了消息，"不太记得是谁告诉她的"，认为我没有权利过问。十分不耐烦，说话颠三倒四。

*伊迪斯·埃文施特*说有人告诉她书房出事了，她穿过藏书室，打开门锁进了书房（之前被维特科姆从身后锁上）。此处注意。根据其他人的证词，她进入后再次把门锁上了。她说看到父亲时惊讶得无法动弹，希尔达和其他人几乎立刻就进来了。

处于高度紧张状态，像是害怕什么东西。

大卫·埃文施特爵士——好奇心重；焦躁不安；帮不上忙。对我吼："跟你说了我什么都不知道；我今天一整天都没进过书房。出事前我在外面的车道上——我老是走这种狗屎运，但我什么都不知道。"

艾琳娜·斯蒂克兰，向来是个平和的人，现在处于默默哀伤的状态。在大厅从波蒂珊那里听到了消息，吩咐保姆把孩子带走，并在进入藏书室前帮忙把孩子带离大厅。

戈登·斯蒂克兰，精于世故，置身事外，回答问题很清晰。提出来由外部人士进入书房的可能性（但护窗板都

是关着的，并从里面钩上了）。

*米尔德里·梅尔布里小姐*似乎不会因为弟弟的死得到任何利益。她近乎歇斯底里，无法给出任何清晰的证词，但维特科姆说在客厅看到过她，听到消息时崩溃了，然后维特科姆带她进了藏书室加入了其他人。她似乎有个奇怪的想法，一直说圣诞的家庭聚会不会有好结果，却又说不清会发生什么不幸或为什么发生不幸。

*奥利弗·维特科姆*似乎是这群人里不会因为奥斯蒙德的死获得丝毫利益，反而会有所失去的人。我不得不说他和珍妮弗之前从来就没什么可能，现在则不好说。在我看来他绝不是个十分狂热的追求者——虽然这也许是现代的礼节。我觉得家里其他人并不是很喜欢他。

从目前来看，他的作案机会无疑比其他大部分人要大。他的圣诞老人装扮要藏枪很容易。去换衣服的时候很难有机会去拿枪，因为有菲利普·切利顿跟他一起去，他们俩合谋的可能性也非常低。但维特科姆从书房离开奥斯蒙德爵士后，其行踪就不清楚了。他自己的陈述和其他人的有出入（*这里要调查清楚*）。他应该是通过大厅走了出去，再经过通往后面过道的门回来（他可以在半途轻松进入枪械室拿枪）。然后再次经过通往藏书室的门离开大厅——大概是穿过餐厅来到房子后部——但如果从藏书室直接进入书房是很容易的，他知道奥斯蒙德爵士在哪儿，可以朝他开枪，锁上通往大厅的门，防止被人过早发现罪行，经过藏书室和餐厅回到仆人休息室。

菲利普·切利顿显然获益颇丰——和珍妮弗结婚没有了障碍，还能得到珍妮弗从父亲那里继承的遗产。

他回答我的问题时说得还算清楚，但看上去有些焦虑。关于他在命案发生的半小时里做了什么有些含糊；在"随处走动"，跟珍妮弗和卡罗尔聊天。他似乎是依照奥斯蒙德爵士的吩咐去帮维特科姆，所以可能确切地知道他的计划，也知道奥斯蒙德爵士会在书房。

珍妮弗和卡罗尔可能看出了端倪，便说她们一直在跟他聊天来掩护他。维特科姆一离开，他也许就从大厅后面悄悄溜了出去；从枪械室拿了枪，穿过走道、餐厅和藏书室进入书房，再原路返回大厅。他可能还事先掌握了维特科姆的动向，好把嫌疑推到他头上。

以上就是所有参加聚会人士的信息。所有仆人似乎都是清白的，目前来看没有人有任何动机想要除掉一个严厉但不失公允的主人。他们大部分都在法莱克斯米尔服侍过数年。

亨利·宾汉姆，那位司机，一直在看护圣诞树，直到电灯熄灭；他说维特科姆还在书房跟奥斯蒙德爵士说话的时候他就离开了。*调查宾汉姆接下来的举动——他是什么时候抵达仆人休息室的？有没有可能回到藏书室？*

　　维特科姆确定他发礼物的时候宾汉姆在仆人休息室，坚持说其他人也不可能缺席，因为奥斯蒙德爵士明确说过每个人都有礼物，维特科姆发每个礼物的时候都有人拿。还有那两位保姆，包括斯蒂克兰夫妇最近请的那位，但她们都跟孩子在一起，怎么也不像是嫌疑人。

　　尽管我的情况分析指向了菲利普·切利顿，但也只不过表明他有杀人的*可能*，事实真正指向的是奥利弗·维特科姆，他才是我们要调查的人。但他缺少动机，而且他的行动也不合理，不像是出自一个缜密的谋杀计划。卢思顿督察昨晚一心想逮捕他，认为我没把他抓起来简直是老糊涂。不过他正受到严密监视。我觉得有个很大的疑点，这个很难给卢思顿解释清楚，但似乎死者全家并没有怀疑维特科姆。关于维特科姆，他们对他的了解肯定比目前供认得要多；他们确实在怀疑某个人。维特科姆但凡有任何动机，他们肯定知道，而且会立刻将其与不利于他的事实联系在一起。再者，相对家里人或甚至菲利普·切利顿，他们不太可能更袒护他。这家人显然更喜欢菲利普，跟维特科姆比起来，他跟这家人的交情也深得多。我相信关于维特科姆的信息他们能说的都已经说了，但关于其他人的则未必。

　　我敢肯定破案的重要真相就藏在至少一位家庭成员的口中，尽管这不是一件容易的事，但必须找到它。

第七章

打开的窗户

哈尔斯托克上校　书

我们在节礼日^①的早晨到了法莱克斯米尔，还好当天没有报纸出版，我们可以不受干扰地进行调查。卢思顿整个人都很烦躁。

"还记得书房的护窗板吗，先生？"他多此一举地问，"我们昨晚发现护窗板全都是从里面关着的，但是昨晚下班的仆人今早去开窗的时候，其中一扇窗户的底部开得大大的！"

这场谋杀终究开始变成是外部人所为的样子，他自然很是恼火，因为昨晚还很确信凶手就是维特科姆。

我不以为意地说："是女仆不小心开的吧？"不过事情确实有古怪，我前天亲自看过护窗板，确定都是关上并钩好的。我问卢思顿是哪扇窗户开了。

① 圣诞节次日。

他说："房子侧面那扇，位置差不多在奥斯蒙德椅子的背后。我刚让人请昨晚关窗户和护窗板的女仆来，她叫贝蒂·维勒特。"

米尔警员带着善意把女孩领进来；我想他应该一直在门外安慰她，但她看上去还是吓得够呛。她很小声地跟我们说，她已经在法莱克斯米尔工作三年了。

对，她昨晚关了护窗板——她依旧说得很小声，害怕得眼睛都快蹦出眼眶了。

卢思顿安抚她道："你不用害怕，我们没有在责怪你！你是什么时候关护窗板的？"

"圣诞树的灯点亮之前，先生。这是奥斯蒙德爵士的命令，是波蒂珊小姐传达给我的。我要在午饭一结束就关上藏书室的护窗板，才好看到圣诞树的灯，先生；我还要同时关上书房的护窗板，因为奥斯蒙德爵士不想在我之后去其他房间拉窗帘的时候被打扰——并不是所有房间都有护窗板的，只有书房、藏书室以及餐厅有。就是这样了，先生。"

我们仔细询问了她关窗户的细节。她说她总是会关上任何开着的窗户，"这是命令"。她记得书房靠房子正面的一扇窗子底部开了条缝，她把它关上了。她很确信其他窗子也是关好的，得知有窗户底部可能是打开的，她十分惊恐。"奥斯蒙德爵士从不在冬天打开书房的窗户。"她强调说。她还很确定自己钩上了所有护窗板；她说奥斯蒙德爵士对此也有明确的要求。

我问她有没有拉窗帘。她说没有，奥斯蒙德爵士的书房从不让人在关了护窗板后又拉上窗帘。这点和我们所观察到的一致。我们让她离开，走到书房查看窗户。

护窗板现在全是向后翻折的状态。奥斯蒙德爵士的书房一直给我一种禁室般的感觉，现在房间里没有生火，冬天潮湿的早晨，微弱的阳光透了进来，光亮的皮椅、办公的家具和棕色灯芯绒毯子透着一股冷峻的气息。奥斯蒙德爵士桌后的窗户外是一条宽阔的石子路，路的一边是一道没有围起来的花境①。这扇窗户的底部开了约五厘米，湿冷的空气灌了进来。我拿出手套，关上了护窗板，站在靠近尸体坐着的椅子边。我的脖子能感受到一阵冷风，他只要坐在那里就一定能发现。显然窗户是在他被杀之后才打开的。

卢思顿和我检查了护窗板和窗钩；看上去不太可能从外部钩上钩子，但虽然合上护窗板之后再把窗子拉下来会很容易。

我让卢思顿到窗户外的走道上去，没有让他翻过窗台。在我们检查完所有可能是因为翻窗台留下的痕迹而一无所获之后，我让他试着用一把小折刀的刀片挑开护窗板

---

① 将花卉布置于绿篱、栏杆、建筑物前或道路两侧的园林应用形式。

的钩子。

他费了好大的力气，终于挑开了钩子，然后我试着让钩子保持平衡，好在护窗板被从外面拉上时钩子能掉进眼里，可是没有成功。

我使出浑身解数来演示凶手可能是从窗户逃跑的。这样就留给我们一个难题，要抓住一个不知名的、凭空消失的罪犯，而不是只需从眼前的嫌疑人里找出一个，不过那样一来就能洗清家里人的嫌疑了。

不耐烦做实验的卢思顿最终放弃了我的想法——虽然我不认为是对的，但还是想尽量试试。

他说："这些窗户又重又吵，如果有人推开下面的窗框，奥斯蒙德爵士肯定能听见，不会就这么乖乖背对窗户，以他中枪的姿势坐在椅子上。"

不过，窗户还是有可能在奥斯蒙德爵士进书房前就已经打开，窗钩也没有钩上；凶手可能一直在等——不，这样行不通。不论进来的是谁，奥斯蒙德爵士一定料到他会来，或者至少没有被惊动。他就这么坐在桌前的椅子上，丝毫没有察觉到危险。

卢思顿说："况且，为什么有人要从窗户出去，做那么机会渺茫的事——费劲摆弄钩子让它掉到眼里，而不是简单地把窗户拉下来呢？"

他注意到我在仔细检查道路和远处的花坛。

"所有地方都查过了，先生，"他确定地说，"窗沿、墙壁，我们都查了，也查过窗框有没有被撬开窗钩的痕迹，虽然我承认要从外面把钩子不留刮痕地用刀推开并不容易。指纹采集员已经仔细查过了，而且拍了照片。指纹*确实有*，还不少，女仆的自然是有，可能还有其他人的。至于走道，就算你在石板上走一整晚，经过这场雨，所有痕迹都会被冲走。"

我把卢思顿叫进屋，派人叫来帕金斯，他多年来一直是奥斯蒙德爵士的管家兼男仆。我了解他，信任他。他脸色苍白，鼻子很大，两颊上有很深的法令纹。今早他的神色看上去比之前任何时候都更担忧，脸色更苍白。

我先问他是不是百分百确定维特科姆先生进入仆人休息室分发礼物的时候每个员工都在场。

"我对天发誓，先生，"帕金斯急切地说，"遵从奥斯蒙德爵士的命令，我把员工都召集在藏书室看圣诞树的灯点亮，然后我们返回仆人休息室；除了宾汉姆。他留在树旁看守，不过在维特科姆先生来之前他就回来了，急匆匆地走进来，乐呵呵地说：'我没错过什么吧？'也就是说，先生，他在被留下看守电灯之后——这点毫无疑问——及时收到了礼物。"

我特地记下了这点，因为它完全消除了宾汉姆的嫌疑。他不可能冒险在维特科姆还在大厅和藏书室抱着彩炮走动的时候通过任何路径进入书房，如果他在维特科姆之前到达大厅，他就不可能有机会开枪。我皱起了眉——我一想事情就会这样——努力描绘他们的行动画面，而帕金斯显然认为我不相信他。

"宾汉姆没有问题，先生；我可以保证，先生，"他坚定地说，"他跟奥斯蒙德一直相处得很融洽——虽然他有点放肆，先生。况且他不可能杀人；他前脚刚进，维特科姆先生后脚就跟进来了。"

我说："好吧。你已经解释清楚了。不过关于那个女孩，伊丽莎白·维勒特，她是不是有些粗枝大叶？她有没有可能留了一片书房的护窗板没钩上，或者一扇窗户没关，然后想不起来了？女孩子有时候不太靠谱。"我认为她说的全是实话，只是想再确认一下。

帕金斯情绪有感触地赞同道："这话是没错，先生。不过贝蒂是个好女孩，工作很认真。她是个很有条理的人，先生，她要是说关了窗，我会相信她，不用亲自去查看——其他人我可能会自己去查。"

我谢过他，便让他离开，可他顿了一下又断断续续地说："请原谅，先生，或许您没有注意，认为它是件小事，当绅士们知道有其他人会帮忙打点的时候，他们并不总是会在意那种事，当然，关注和打理事务是我的日常工作——"他忽然打住了。

我催促他说下去："怎么，帕金斯。是什么事？"

"是这样的，先生！"他的话语忽然连珠炮似的脱口而出，像是忽然清除了喉咙里的障碍一样。"我看到可怜主人的衣物时，不禁注意到他的外套和上面的绒毛；或者可能并不是绒毛，先生，像是细小的白色毛发，先生，像是便宜的皮草上掉下来的。在立刻去拿衣刷之前，我就觉得很奇怪，因为我很确定，奥斯蒙德爵士昨天早晨穿上那件外套前，我已经非常仔细地刷过它了，刷得一点脏东西都没有。"

我立刻问他有没有碰过外套。

"没有，先生；我没有碰它，您可以自己去看，先生。就在沿着口袋往上的地方。"

"你是什么时候发现的？"

"昨天晚上，先生。您还记得吗，先生？您让我去拿盖尸体的床单。拿了床单来到书房后，先生，我看了看我可怜的主人，就立刻发现了。"

"你当时怎么不告诉我们？"卢思顿低声吼道。

"这很难解释，先生。"帕金斯说。他虽在回答卢思顿的问题，却转向了我。"我察觉到这一点，是因为当时就好像奥斯蒙德爵士要出门，我在给他做最后的检查和清理，这是我的自然反应，然后我接到了您的指示，先生，要去确保大家都离开，好把尸体从大厅抬过，我就把那件事忘了。但我今早又想起来了，很突然，先生，然后想着应该让您注意这一点。但愿我没有做错，先生？"他看起来着急得不行。

我安抚他说他做得对，然后问他知不知道奥斯蒙德爵士的口袋里一般都装着什么东西。

"噢，我知道的，先生。奥斯蒙德爵士很有条理，我知道他每件衣服里都装着哪些物件。我已经掏过无数次了，先生。"

我们带他来到书房，奥斯蒙德爵士死时穿的衣服被整齐地叠放在一起。卢思顿抑制不住胜利的满足感。他拿起外套仔细检查起来。在那件深蓝色的衣服上，许多细小的白色毛发清晰可见，主要位于口袋边缘和右边翻领的褶皱上。帕金斯突着双眼，脸色苍白，急切地在一边看。

"您看见了吧，先生？"

我带他来到一张桌子前，上面放了几小堆物件，物件上标着它们取自哪个口袋的标签。我让他仔细查看有没有缺少奥斯蒙德爵士常带的什么东西，有没有放错了口袋的东西，或者有没有什么不常用的东西。

帕金斯察看了笔记本、钢笔、带象牙把手的折叠刀、金表、钱包、硬币和其他物品，嚅动着嘴唇，像在默念祷文。终于，他转向我说："看起来全都正确，先生。根据标签，东西都在对的口袋。"

他不知道奥斯蒙德爵士带了多少钱，认为波蒂珊小姐应该了解。我让他离开的时候叫波蒂珊小姐来藏书室，并禁止他把白色毛发的事跟任何人说。

"维特科姆先生到底在奥斯蒙德爵士的口袋里找到了什么，或者他想找到什么呢？"帕金斯刚把门带上，卢思顿就哼哼着说。这家伙一副满面春风的样子。我留下他去询问波蒂珊小姐关于奥斯蒙德爵士带多少钱的事——虽然我觉得她无法告诉我们任何有用的信息——然后出去查看书房窗户的外部。

离开藏书室的时候我碰到了波蒂珊小姐。她一袭"盛装"，穿着一件黑色丝质连衣裙，我感觉她已经穿上自己最好的衣服了，因为这是她拥有的唯一一件黑衣服。在连衣裙的映衬下，她深红色的头发看上去十分闪耀顺滑。我向她道了早安，她的蓝眼睛对我闪现了一个既撩人又惊恐的神色。她无疑是一位很有魅力的女人；虽然可能有些丰满，不过身材还是很娇小。她会引起这家人的恐慌倒也不无道理，不过我觉得这恐慌只是空穴来风。我不禁在想，全家人显然都对她有成见，再加上丢了一份好差事，可真令人不舒服。不过她看上去还是挺无畏的。

对石子路和书房窗户外的花园做了一番毫无收获的调查后，我和当值的斯坦普利警察说了会儿话，就回到前门。就在这时，一辆跑车轰鸣着驶进车道，停了下来。一位35岁左右的高个男子从引擎盖下钻了出来。他的鹰钩鼻和方下巴看着很眼熟，我赶忙迎上前去。

"早安，先生！"肯尼斯·司道尔说，"我住在托勒德家，我们今早收到了消息。太可怕了。我想着最好来一趟——说不定能帮上忙？我想见见迪迪。"

锃亮的汽车、上乘的皮质座椅和他散发出的气质展现出我从未和肯尼斯联想到一起的财富，不过我有好几年没见他了，我知道他现在在伦敦是个小有名气的演员。他轻松自信的感觉一如既往。这个时候我并不希望有客人来，便有些唐突地问他没有报纸是如何获得的消息。

"消息总是不胫而走，"他答道，"也许法莱克斯米尔送奶工的表亲和给托勒德家送面包的男孩一起离开了吧。"

我回他说公休日不会有人送面包，早晨十点前也没有人离开。不过我知道消息总是会蔓延开来，显然是经人口舌传播的。我问他说："这么说你知道迪迪在这儿？"

"她肯定在，全家人都会照例一起来过圣诞节。不过你为什么要这样盘问我？"

不知为何，我对他很是怀疑，可他在这个时间开车过来让我觉得很奇怪。我带他进了正门，让他摇铃，问帕金斯迪迪要不要见他。那天早晨我没有见过他们家的任何人。

"我暂时还不想摇铃，"他冷冷地说，"容我失陪一会儿，上校。"

我没有心思跟任何人闲聊，只是在脑子里记下几个我想问的点。我对他说话的口气似乎不怎么好，告诉他我正忙着处理一个棘手的问题。

"确实会很棘手，"他说，"是这样的，先生；我很想跟您聊聊。或许我能帮得上忙。"

我告诉他有事最好快点说。大厅没有人，我走到壁炉边，站在燃烧的木头前。我把客厅留给家人随意使用，不想让他在藏书室逗留。

"我是人性的研究者，哈尔斯托克上校，而且算是个犯罪学家，"他自命不凡地说，"是，您认为那些都是胡说八道的，但我至少还是有头脑的。如果我保证绝不会自己乱调查，会听从指令，您能让我帮忙吗？"

我问他怎么知道我需要帮助。

"噢，我知道你们都训练有素，还有采集指纹的专家什么的，但有时候私家侦探才能捕捉到信息。我们之前合作过一次，您记得的，您当时说我——"

"你当时更年轻，没那么自以为是。"我对他说，问他有什么目的。他是不是*知道*什么？如果是，最好说出来一了百了。

"从警方的角度看我什么都不知道。你一定不希望任何人谈论不确定的嫌疑，"他倒是有脸说这话，"但我了解这家人——这家的某些人。"

我说我也是，并且这也是我苦恼的地方。我没说我昨晚差点要求伦敦警察厅直接来调查这桩案件，但说希望在半小时内理清整个案子。

"要是还没查清楚的话，"他说，完全没有气馁，"把情况告诉我，给我一次机会。哈尔斯托克上校，您知道我十年前对迪迪的感情。我的心意没有变。对他们来说都是陈年旧事了，从某种角度来看，这对她来说更是不堪回首的往事，因为没有人能真正帮到她。大卫——啊，你知道他这个人的！我不是想博眼球，只想帮上忙而已。演员的话很难让您信服，但您已经认识我肯尼斯·司道尔35年了，大可以相信我。"

肯尼斯·司道尔带着一种不可言喻的魅力；这么说听上去很"女人"，但他本身一点都不娘娘腔。他对反对的声音刀枪不入，他像是听不见也感受不到一般。他能锲而不舍地假定你赞同他说的任何话，把你催眠，让你真的站在他这边。我只能这么解释我在本案中信任他的原因，虽然我见到他后对他有过很长一段时间的怀疑。

我当时没有答应他，只跟他说如果迪迪愿意的话就去见她，并提醒他我没有赋予他在房子里随处走动的权力。我不确定这家人愿不愿意这个时候在法莱克斯米尔见到他。

他对我笑了笑，仿佛我是欣赏他表演的首场观众，接着，大厅最远处的楼梯发出一声轻响，我一看，发现迪迪正小心翼翼地一级级走下台阶。她的眼睛一直盯着脚下，咬着下嘴唇，好像从没走过这段楼梯或者台阶很陡一样。她只顾着下楼梯，或许是在凝神思考，直到肯尼斯向楼梯底部大步走了过去，她才注意到我们。

听到脚步声，她抬头看到了我们，便停下脚步，哽咽着叫了肯尼斯一声便向后倒了下去。她的右手抓住栏杆稳住了自己，左手到处摸索着另一条栏杆，抓住了它。我能看到她因为紧握而泛白的手指在不安地游移。

我们都站住了，没有说话；迪迪眼神涣散，从肯尼斯看向了我；我看到了里面的恐惧；之后她又看向了肯尼斯。然后他跑上台阶，扶住了迪迪的手臂。

我听到他说"迪迪，亲爱的……"话语里满是温柔，我觉得偷听他们谈话很不自在，就进了藏书室。不过可以理解，这人可是个演技派。

第八章

谁离开了法莱克斯米尔

哈尔斯托克上校　书

斯坦普利警察气喘吁吁地在我之后进了藏书室，靴子上沾着泥浆，手里小心翼翼地捧着一块白色的大手帕，里面包着什么东西。

"钥匙，先生！"他说。

他在花坛里找到了钥匙，是我让他去找的，距离房子约五米远，就在打开的书房窗户下面。钥匙能打开通往大厅的书房门。

"他打开窗户把钥匙扔出去了，"卢思顿说，"护窗板什么的都是障眼法！"

斯坦普利警察发出一声大笑，他是个聪明的小伙子，懂得如何配合上司说的笑话。卢思顿并不是有意要说双关语①的，他朝他瞪了一眼，斯坦普利窘得闭上了嘴。

① 英文"Blind"既有障眼法的意思，又有窗帘的意思。

卢思顿从一张椅子上拿起红色的圣诞老人装，上面镶着白色的兔毛边。

"他昨晚把衣服脱在客厅；梅尔布里先生——现在得叫他乔治爵士了——他说过，你记得的，维特科姆进去告诉他们奥斯蒙德爵士中枪了，没意识到自己的衣服还没换。一定是同样的毛发沾在奥斯蒙德爵士的外套上了！"

我检查了那些毛。"这是普通的掉毛，"卢思顿轻蔑地说，"碰到什么都能沾上，咱们真走运！要叫他进来吗？"

我打算在给这个家庭掀起疑云之前再弄清几个问题，于是跟卢思顿说先不要打草惊蛇。

"他一点都没有被惊到，自在得很呢！今早在餐厅吃了一顿丰盛的早餐。其他人都是在床上吃的。"

卢思顿从波蒂珊小姐那里得知了奥斯蒙德爵士具体带了多少钱。尸体上找到的钱包里有一张五英镑的纸币，另有共计三英镑的纸币和几枚银币。她周一下午为他兑了张支票，很清楚他花了多少钱；他身上带着的数额对得上号，经过波蒂珊小姐指认，书房一个锁着的抽屉里还有纸币。抢劫的动机似乎被彻底消除了。

进一步查问大卫·埃文施特爵士是我的下一个任务。被叫来之后，他跌跌撞撞地大踏步走进藏书室，陷进一张深深的扶手椅里，给我一种十分焦虑又想努力掩饰的感觉。我知道他性格易怒，不好应付，我不想激怒他。每个人昨晚都坐立不安，但愿他今早会稍微平静下来。我告诉他我们了解了更多信息，觉得他或许能帮我们确认一些事实。

"荒谬！"他吼道，"我根本不知道奥斯蒙德爵士会被谋杀，所以完全没有留心周围的情况。"

"记得你之前说，彩炮在大厅拉响的时候你在正门外，是吗？"

"对，弄得臭气冲天的！"

"你记得自己有关上门厅的门吗？"

"我一点印象都没有。我要是编出一个答案，对你也毫无益处吧。"

我接着提问，无视了他的无礼。

"那正门呢？"

"或许吧。我可得提醒你，我是不会对我的话宣誓的。"

"你在房子前石子路的车道上来回走了大约五分钟是吗？"

"你要是这么说了，就算是吧。我可不想反驳警察局长的话。"

"周围有其他人吗？"

"没注意。你该不会认为我会偷看圣诞老人和他的蠢麋鹿吧？"

"你记不记得屋里传来的任何声音？"

"什么声音？"大卫爵士忽然疑心起来。

"我们并不清楚你*可能*听到了什么声音。或许是因为生气而大声说话的声音；或许是一声枪声？"

"枪声！那该死的彩炮噼里啪啦地吵得要命，换谁都听不到枪声。"

"你不是说在车道听不到彩炮声吗？"

"你觉得我在撒谎！跟你说吧，我听到了一声。"

"只有一声吗？"卢思顿追问。

"这都问的什么问题！告诉你，我没心情去数炮仗！"

"其他还有吗？还有其他表明房子里的人在做什么的声音吗？"

"我不关心房子里的人在做什么。不过我告诉你，要是有人昨晚想杀奥斯蒙德爵士，这跟我无关。在那个时间出现在这里算我倒霉，恕我无能，我不想再掺和这个事了！我觉得有人在我出去的时候关了扇窗，如果你们觉得这有任何用处的话！好像是楼上的一个女佣，在巡查卧室。我就知道这么多。"

"你听到关窗的声音——还是开窗的声音？"我追问，"你确定是楼上吗？"

"你觉得是开窗就开窗吧，如果你觉得这座房子里有人会在天黑还开窗的话。奥斯蒙德爵士对黑夜有一种恐惧。我不知道是哪扇窗；我不关心，没有去看。我不想再回答任何愚蠢的问题了！都说了我什么都不知道，你们还纠缠我做什么？这样根本无济于事，我告诉你，就是水中捞月。你们为什么盯着我不放？还一遍遍地审问我，烦得我都不知道我做了什么听到了什么——"

他陷入了一阵愤怒，瘦削的身子从椅子里站了起来，在房间里迈着大步重重地走来走去，手指揪着稀疏的浅色头发。我走到他身边，轻声对他说：

"我知道我们很烦人，但我们必须尽力找到每一条信息。"我说了一番话，感谢他回答了我们的问题，又试探着问他在爆竹声前听到的声音是开窗还是关窗。他本已经平静下来，这个问题又激怒了他。

"该死的彩炮在我脑子里炸了，我告诉你！"他咆哮着，"砰砰地炸个不停！我不想记得这个声音！"

我放弃了，便让他离开。

"这人有毛病吧！"卢思顿多此一举地说，"如果这是一起冲动杀人案，我敢说就是他，可惜不是。他听到了枪声。他在外面听不到彩炮声，这他知道。他也听到了开窗声。我去查查女仆，不过几乎可以肯定当时不是在关窗，因为他们都集中在仆人休息室了。"

调查进行到这里，没有人注意到大卫爵士是否有出门或者回屋。我开始重新组织他在车道上的活动。假设他听到了书房的枪声，听出这个声音并不是彩炮，他会静静站着等待。然后他听到凶手扔钥匙时的开窗声，于是躲到房子的角落处。凶手还没有关灯，大卫爵士看到奥斯蒙德爵士倒在椅子里，头上中了枪。他从窗户爬了进去——然后呢？他是不是找到了什么证据，把它销毁了，来掩护凶手？或者他是否只是意识到自己的处境会很难解释？不论是哪种情况，他偷偷摸摸地穿过大厅，先关上并钩好了护窗板——可是为什么呢？或许只是一个本能的动作。

这或许说明了大卫爵士的心理状态。即便我早知道他是个易怒的人，他给我的感觉甚至比平时还要激愤，但这并没有什么用，只是把嫌疑指向了大卫爵士竭力想掩护的人，而这个人绝对不会是维特科姆。

在我让卢思顿对他进行自由调查之前，我还有一项工作要做。我让人去请乔治爵士来，在等他来的时候，我问卢思顿是否已经从圣诞老人的衣服上收集了所有细节。镶着毛边的圣诞老人衣服和帽子、带丝线的胡子和一对要用胶粘的假眉毛都在他那里，还有一个之前用来装礼物的空袋子。

"可能就是用那个袋子把手枪带进房间的，"卢思顿推测说，"衣服上没有口袋，袖子倒挺宽的，可以手里拿着枪再推到袖子里，没人会发现。我们没找着手套，他之前肯定戴过，因为他把枪放在桌上了，又是个做事挺小心的家伙。枪上有指纹，要是有人有意把上面的东西擦掉，扣下扳机的手指指纹一定不会在上面。只要把手套往火里一丢就行了，我们今早仔细检查过灰烬，什么都没找到，不过这都是我的推测。"

乔治·梅尔布里打开门，疑惑地看着我说："早啊，上校！你找我？有什么发现吗？"

"没有确凿的线索。"我说，一边认真观察他。他看起来确实很失望，应该装不出来。

我先是问他，昨天下午发完圣诞礼物之后，奥斯蒙德爵士为什么留在书房。

"他在等一个电话，"乔治说，"私人事务。关于他的私事，父亲从不多说，连我都是。我猜他是跟某个朋友约好了，可能是生意上认识的人，在那个时间给他打电话。就算他把自己一个人像那样关在房间，我们也不会多想，他可能忽然觉得累了，你知道，他随时都会到书房去。"

我问道："他在等的电话有打来吗？"

乔治一脸困惑。"这倒怪了！之前从没想过这个，不过现在一想，我不知道有任何电话打来。"

"会不会是在你父亲中枪前打来的？有没有人听见？"我知道所有打到法莱克斯米尔的电话都会直接接到书房，因为奥斯蒙德爵士不愿意在房子的其他地方装分机。

"要看铃声是怎么转接的，"乔治说，"是这样的，铃声会根据转接线路在大厅或书房响起。父亲之所以这么安排是因为之前有人打电话来，要是没人在书房或者没人听见，就没人接。波蒂珊小姐都知道；是她负责安排电话正确转接。"

对于奥斯蒙德爵士的电话，这似乎是他知道的全部信息。他自己也有一些问题要问：他能不能着手安排葬礼，以及我们跟奥斯蒙德爵士的律师克鲁肯联系了没有。乔治知道我们想限制他的行动。我们同意他安排在周六举行葬礼。

"鉴于当前的情况，不想阵仗太大，"他嘟哝着说，"得在《泰晤士报》上登一则消息，不过我想让*葬礼办得尽量低调*，或诸如此类，不希望乡里的人都涌过来问一些令人尴尬的问题。我姑妈想写'死于肮脏的刺杀'这种标题，登在《泰晤士报》上，可是当然不能这么写啊。对了，还有件事，上校；抱歉给你添了这么多麻烦，女士们都在思考丧服的事，就是，葬礼的时候要穿。今天肯定不行了，不过他们想明天去布里斯托买东西。"

我看到卢思顿听到这话之后转过头，满脸怒容。他还没有百分百确认维特科姆的嫌疑，并不想让其他人有轻易逃跑的机会，或者他认定维特科姆有同伙，不想让他们离开自己的视线。我个人觉得，我们还有很多事情要调查，让每个人都在监视之下会更稳妥。于是我对乔治说，不可以去购物。她们肯定不用亲自去布里斯托就能买到黑衣服；她们可以打电话给店铺，把东西送来。

"当然，"乔治沮丧地说，"可这样一来就完全享受不了购物的乐趣了！作为已婚人士，你了解的。不过他们肯定可以像你说的那样买到东西。"

他看起来垂头丧气的，无疑是不情愿把这个消息告诉妻子和几个妹妹，还想吐吐苦水，但我等不及要进入叫他来的主题。

我向他说明了缘由，书房里有不少指纹，可能是家里不同的几个人在家中四处走动的时候留下的，跟案件并无关联。我想让他帮我说服大家同意采集指纹，这样就可以确认并消除和谋杀不相干的人的指纹——波蒂珊小姐的，她自然要在书房打理很多事；还有关护窗板的女仆的；等等。

乔治若有所思，"我的你们尽管来取，我会尽力说服其他人配合，不过，呃，有些人可能会反对。我是说，他们可能会觉得有点奇怪，尽管没有任何理由害怕给指纹；我是想说，要是他们不愿意，你们不会把他们就地抓走吧？"

我说，每个人都有权拒绝，除非确定要指控那个人，我并不能强制执行这个困难的决定。我常发现如果要说服别人做有疑虑的事情，最好的方式就是告诉他们其实没必要那么做。

我安排乔治先把房子里的所有家里人集中在大厅，内部员工稍后。

"恐怕他们很可能会挑事，不过我们的例子……算是道德影响吧……"

他离开后不久，帕金斯进来汇报说所有家人和客人都在大厅了。我走了出去，站在一级台阶上。他们一小撮一小撮地站着，给了我很大的信息量。肯尼斯·司道尔和迪迪站在靠后的位置，迪迪的眼里依旧满是焦虑。大卫爵士一个人站在离他们不远的地方，盯着炉火，没有在意周围的任何人。波蒂珊小姐也是一个人，站在大厅的另一侧，不安地看着四周。卡罗尔·温福德和菲利普·切利顿在靠近楼梯底部的地方交谈。我寻找着珍妮弗，这时，正当大家对眼前的事情有些担忧时，我以为她会和菲利普在一起，可她站在离他挺远的地方，我觉得她有些孤零零的样子，直到希尔达·温福德跟她站在一起。维特科姆在到处走动，像是没发现自己被忽略了一样。艾琳娜和她姑妈，还有乔治的妻子是八卦小组。戈登·斯蒂克兰和乔治在大厅后侧，机警地看着其他人。

我简短地说了几句，请求他们的配合。他们都很惊讶，既生气又疑惑。迪迪忽然抓住了肯尼斯的袖子；米尔德里姑妈停下了织毛衣的手，怒视着我。叽叽喳喳的说话声渐起，在乔治说话时又停了下来。

"我准备好了，第一个去采集指纹。我建议每个人都这么做。全力帮助局长抓住杀害我父亲的浑蛋是我们的责任！"

"我赞同！"维特科姆说。有几个人转过头看着他。

梅尔布里小姐抬高了声音，"真是岂有此理！昨天午餐过后我就没进过书房！居然像普通罪犯一样对待我们！"

我走过她身边，走到大厅里靠书房那侧的桌旁，跟在那儿安装仪器的人说话。我有很多话想对梅尔布里小姐说，可我忍住了。帕特里莎，新晋梅尔布里夫人，用我能听到的音量声援她。

"真是太可怕了，米尔德里姑妈！*我*也没进书房。装腔作势的家伙，真像是警察的作风！一点眼力也没有！他们怎么不去采集孩子们的指纹！"

乔治走了过去，我听到他在低声呵斥她。

"你在胡说些什么！妇人之见！现在是我在负责这个事，你满意了吗？"接着对梅尔布里小姐说，"帮帮忙吧，米尔德里姑妈！有点古怪又怎么样？我们碰到的事情本来就很古怪。别火上浇油了！"

珍妮弗跟着我走到桌边。"你可以取*我的*指纹，哈尔斯托克上校！"她似乎很高兴。

取指纹开始，乔治离开了桌边，向我示意了一下，我穿过大厅跟上了他。

"抱歉，上校，大卫爵士很生气地离开了。我知道这样不太好，可要是你跟我们一样了解他，就会见怪不怪了。他总是神经兮兮的，你知道；打仗的时候被吓得。发生这种事，一下子就戳中他了。我也不知道该怎么办……"

我让他别管了，应该没什么大问题，乔治的宽脸放松了下来。我离开大厅的时候，梅尔布里小姐尖锐地说："我真不明白你怎么能忍受这种侮辱！一无是处！要是有人听了我的建议……"就在这时，她看到我正准备溜走，便一股子蛮横地叫住了我，"哈尔斯托克上校！"我转过头，尽力装出彬彬有礼的样子。

"我知道，哈尔斯托克上校，"梅尔布里小姐冷冰冰地说，"你甚至不让我们为悼念我可怜的弟弟买体面的丧服。真是太过分了！可怜的奥斯蒙德，即使报不了他的仇，也不能无人悼念他！"

我说："我想你是误会了我被情势所迫而下的指令。你们可以打电话给店里，让他们把衣服送来挑选。在我想来，大家还在悲恸之中，或许想安静地在自己房间试衣服，而不是到市里面对嘈杂的人群。"我自认这番解释很得体。艾琳娜这时从我们身边经过，我叫住她来帮我一把，可她并没有像我期待的那样给我撑腰。

"我一点也不介意，"她说，"因为我已经打电话给仆人，让她即刻把我的丧服打包送来。我的丧服一直都是备好的，因为你无法预见会发生什么，葬礼又是经常要参加的仪式。能穿上自己精挑细选、慢工细活做出来的衣服当然更让人开心。"

"好了，艾琳娜！"米尔德里姑妈抱怨道，"这种态度我一点也不喜欢！我们任何人，我强调，*我们*任何人都无法预见这种事情的发生！当然我们都知道，这栋房子里有一个人能立*刻*穿上一身的丧服作秀，有些人能明白里面的意思，事情绝不像表面看上去的那么简单。"她毒辣的目光射向波蒂珊小姐被黑色礼服包裹的利落身段。

"要我说，可怜的父亲要是看到他尽职尽责的秘书还在奔波忙碌，一定很欣慰。"艾琳娜说。

"我不想听到我弟弟的坏话！"梅尔布里小姐没头没脑地来了一句。

"我不是在说他坏话。"艾琳娜反驳说。

她们显然已经忘了我的存在，我朝藏书室的门走近了一步，感觉出事态已经严重扰乱了他们的神经，因为不论是艾琳娜发火还是梅尔布里小姐责备最心爱的侄女，都不正常。我转向门的方向，看帕特里莎是否还是拒不采集指纹，但她温柔地站在桌边，藏在一群人身后。我的犹豫让我在抽身逃向藏书室之前被肯尼斯·司道尔逮住了机会。

"上校，昨晚我虽然在几公里之外的地方，不过有些人可能会怀疑我来这里的原因，要不我还是跟别人一起采集指纹吧？"他试探地说。

我说他愿意的话可以，虽然我并没有答在点上。我在藏书室看到卢思顿正在跟刚到的肯多医生说话。我跟卢思顿说，大卫爵士和梅尔布里小姐拒绝接受指纹采集，他最好把握机会，趁还没有人上楼，进入他们的房间，从一些物件上取指纹来。

肯多，这个胡子拉碴、一头沙色头发的小个子男人，正背靠炉火暖着背。我问他是不是有什么惊人的消息要告诉我们。

"什么都没有，上校！"他说，"没有发现！没有新闻！奥斯蒙德爵士被一发从点22手枪里射出的子弹杀害；没有被下药或下毒，健康状况良好，重要器官都没有出现可以把他逼至自杀的疼痛。无论如何都不可能是自杀。这里有份报告写得很严谨。不过我想知道的是，昨天谋杀案被人发现之后谁离开了这栋房子？"

这个消息绝对让人瞠目结舌。乔治、仆人和其他所有人都确认没有人离开法莱克斯米尔。

肯多解释说："昨天傍晚你叫我来的时候，我从村子穿过来，就在后面那条车道，因为比绕到正门快得多，就在我转弯进入车道的时候，一辆车开了出来，进入主路，从我旁边路过。你觉得有问题吗？"

我惊呼，问他为什么昨天不告诉我。

"我当时并没有觉得有什么不正常，到了这里之后又在想其他事情，过后才又想起来。*确实有问题*。"

我忽然想起了什么，问他看到的是不是一辆锃亮的跑车。

他认为不是。"当时天色已晚，你知道的，我的车灯开着，也就是说不在光束范围内的东西我几乎都看不见。不过依我的印象，好像是一辆深色、车型挺大的轿车，也不是很现代的类型。不是那种流线型的，是辆外形尊贵舒适的车，慢慢地从大门开了出来。"

这简直让人摸不着头脑。我无法想象我们要找的杀人凶手驾着一辆大型的老式轿车慢吞吞地从后车道开走，可又会是谁在圣诞节傍晚做这种事呢？肯多说他已经把这件事告诉了卢思顿督察，督察特别生气，因为肯多没看清车牌号。

奥斯蒙德爵士的那辆新光已经开了四五年了，乔治有辆奥斯汀，现在看来外形绝对算老的了，但如果开的并不是两辆车中的一辆，开车的究竟是谁？有人居然会带着杀人的意图来到法莱克斯米尔，还把一辆很大的车显眼地停在车道上，真不可思议。或许到头来发现只是某个邻居在案发之后急匆匆地悄悄送了一份迟到的圣诞礼物来，而所有人都忘了这件事。我接着去向家仆问话，让他们准备采集指纹。

第九章

圣诞老人的长途旅行

哈尔斯托克上校　书

　　我们采集了房子里所有人的指纹，有的人很主动，有的人需要一些策略说服。结束时已将近正午。帕金斯奇迹般地让人采集了他的指纹，说了一句，"这并不是我的行事风格，不过我必须要为公平付出代价"，其他仆人见状也乖乖让人采了指纹。证物专家们此刻正忙着对指纹进行分类和比对。

　　与此同时，卢思顿问了波蒂珊小姐关于电话铃声的事。她给他看了书房里的转接开关，通过设置开关，可以让铃声在书房或大厅响起。当时的设置是铃声在大厅响，她说圣诞节早晨她也是这样设置的，因为他们不大可能会一直待在书房。她不知道奥斯蒙德爵士在圣诞节下午进入书房的时候有没有自己改过设置，不过看起来没有，因为卢思顿没有发现后来有人把开关又拨回来。

不论开关拨向哪里，波蒂珊小姐都认为只要有电话进来，她就能听到，因为她一直都在大厅，大部分时间都坐在靠近书房门口的长沙发上跟希尔达聊天。在大厅里可以很清楚地听到书房里的铃声。

"就算彩炮那么吵都能听见吗？"卢思顿问。

波蒂珊小姐说是。她说因为彩炮声并不是持续的，可以在响声的间隙听到电话铃声。

卢思顿也对温福德夫人问了话。她一直坐在靠近书房门的地方，没有听到电话响，也很确定要是铃声响了她能听到，即使铃声在书房。

卢思顿跟我说："我也联系了当地的交换中心，他们的记录里没有圣诞节下午打到法莱克斯米尔的电话。这就确定了这通电话约会是个幌子，是个让奥斯蒙德爵士到书房去的借口。没有电话打来，也不会有电话打来。不过我不太明白他为什么不把电话铃转到他的书房去，虽然好像在书房也能听到大厅传来的铃声——可能他忘记了，向来都是波蒂珊小姐在打理这些事。"

卢思顿现在忍不住要把嫌疑人绳之以法。我一心想推迟抓捕，因为我并不认为有足够的证据。我觉得如果继续让这家人处于不确定的状态，他们保留的信息或许会泄露。无论如何，我们都必须质询维特科姆，这个任务给了卢思顿，我觉得很欣慰。

奥利弗·维特科姆的外表总是如此保守而永不出错，让我想起一位顶尖裁缝的广告。我对他知之甚少，他给我的印象仅有这些。他的帅气并不是很吸引人的类型，表情没什么生气。我坐在他背后的椅子上（在书房弓形窗边的桌旁）看着他，见他拘谨地在卢思顿对面的一张椅子上坐下，向前倾了倾身子。他要是问"有什么能帮到你的吗，先生"似乎也很正常。

"维特科姆先生，我想让你，"卢思顿开口了，一副装腔作势的样子，"陈述一下你昨天下午的行踪，从你跟奥斯蒙德爵士走出这间房间进入书房开始。我必须提醒你，你所说的每一句话都有可能被用作证词。"

听到这话，维特科姆眨了眨眼，显然有些诧异。他用余光瞥了一眼准备记录的米尔警员。

"好的，当然可以，我知道这很重要；我是奥斯蒙德爵士生前见到的最后一个人——"

"你真这么认为吗？"卢思顿厉声说。

维特科姆又眨了眨眼："当然没有想到会发生杀人案。"

停顿了一会儿，维特科姆开始陈述，说得很慢、很小心。除了几处无关紧要的细节外，他说的话跟圣诞日当晚跟我说的一模一样。他没有提到自己在朝仆人休息室去之后抱着彩炮回到大厅的事。

"像你说的，在你回到书房要向奥斯蒙德爵士汇报，发现他死了的时候，有注意到房间有什么不正常的地方吗？"卢思顿问。这是我想问而卢思顿勉强答应问的问题。

"桌上有手枪，我应该已经说过了。"维特科姆闭上眼思索。"对了！"他忽然叫道，"那扇窗户！"

"窗户怎么了？"卢思顿冷冷地问。

"窗户开着——奥斯蒙德爵士身后的窗户——底部大开着。"

"你怎么知道？"

"我怎么知道？我能看见——面对奥斯蒙德爵士的桌子的时候，窗户就正对着我。"

"那护窗板呢？"卢思顿问。

"哦，对，我忘了有护窗板了。护窗板肯定是开着的。"

"你确定吗？"卢思顿严肃地问。

"如果我能清楚地看到窗户是开的，前面肯定不会有护窗板遮着。你自己可以去看看，对吧？"

"护窗板是你关的吗？"

"不是，当然不是。确认奥斯蒙德爵士已经死了之后，我唯一的想法就是去通知乔治和其他人。"

"'确认奥斯蒙德爵士已经死了之后'。"卢思顿缓慢而沉重地说。维特科姆略微有些惊讶地看着他。"你是怎么确认的？"卢思顿忽然迸出这句话。

"我之前应该有说过。我摸了他的心跳，完全没有跳动。说实话，看到他头上的枪孔我就能确定了。"

"你知道心脏在什么位置吧？"卢思顿讽刺地说。

"当然！我上过红十字会的培训。你是在暗示我看到奥斯蒙德爵士的时候他还没有死吗？"

"那倒没有，"卢思顿说，狡黠地一笑，"你确认他已经死了，没有问题。不过你好像在他身上摸了很久啊；如果不是在摸心跳，那是在找什么呢？"

"我一点都不明白你的意思，"维特科姆说，看起来丝毫没有被卢思顿的问题震惊，并没有给出任何有价值的信息。我并不喜欢卢思顿的方式，这次问话并不是很成功，我不禁暗暗自喜。

卢思顿问："那你要怎么解释奥斯蒙德爵士的外套上沾了那么多从你圣诞老人衣服上掉下来的白毛？"

"我必须要解释吗？"维特科姆略微诧异地问。

"当然了！"卢思顿低声吼道，"毛在奥斯蒙德爵士的外套上沾得到处都是，就是从你穿的衣服上掉下来的。"

"好吧，掉毛确实挺厉害的。我自己的衣服上就沾得到处都是，我今天早晨发现的。那件衣服的袖子也很大，松松垮垮的。"维特科姆各方面都表现出想尽可能帮上忙的样子。"我有个办法！你能当一回尸体吗？只要像我发现奥斯蒙德爵士的时候那样倒在椅子里就行，我来演示一遍我是怎么摸他心跳的！"

卢思顿一脸不信任的表情，好像认为维特科姆会变出一把枪来扣着扳机说"我就是这样开枪的"，他姿势怪异地靠在椅子一边的扶手上。

维特科姆站起身仔细地上下打量他，然后闭上了眼睛。"有点太僵硬了！"他评价道，"不能瘫得更彻底一点吗？还有——对，两条手臂是悬在扶手外侧的。"

卢思顿软了软身子，挪了挪手臂。

"对，差不多就是这样。我当时走到桌子和墙中间的位置，像这样弯下腰——"维特科姆朝卢思顿弯下腰，卢思顿仔细观察他的一举一动。

"等等！"卢思顿忽然叫起来，"你没有放下什么东西吗？"

维特科姆直起身子思考了一会儿。"噢，是袋子吗？里面是空的。我记不清了，当时抖得厉害。应该是丢在——"

"算了！"卢思顿吼了一句，"继续。"

维特科姆解开卢思顿外套上的第一颗扣子，把右手伸了进去。"我第一次摸的是一头牛的心跳！"他自豪地说，"摸到心跳了，跳动正常！好了，想象那条宽松的圣诞老人袖子，像你们看到的这样扫过外套右侧，就会留下一道痕迹。"

维特科姆往后退了几步，很满意自己的说法。他的"模特"坐了起来。"对，在右侧下方，不只是在领子底下。那左边呢？"

"左边怎么了？"维特科姆和颜悦色地问。

"你要怎么解释那里的白毛？"

"我真的不知道要如何解释，"维特科姆有点痛苦地承认，"除了说因为很震惊，这我之前也说过，所以我的举动也许没我刚才那么干脆利落，我猜我一定是把袖子拂过了外套的另一边，所以我自然没注意到把毛沾在上面了。"

"我想也是，"卢思顿带着满意的口吻说，"好，还有一个问题。再说说那扇窗户。你回书房的时候窗户是开着的吗？"

"是开着的——噢，当然；之前是开着的。可是，现在我记不清了。我没有特别留意，或许其他人可以告诉你；温福德夫人跟我同时进来的，还有一个人——应该是乔治。"他静静地坐着，一脸疑惑。

卢思顿把身子倾向他。"维特科姆先生，你能不能解释一下：你进了奥斯蒙德爵士的书房，然后像你说的，发现他倒在那里，死了；你发现他身后的窗子开了，可对我们只字未提。你难道不觉得它很重要吗？"

"我脑子里一团乱，没仔细想这事。你看，这里不是有窗钩吗？"维特科姆语速很快地问，在这次盘问中第一次表现出不安的迹象。"进书房的时候我当然记得看到窗户开了，但当时我唯一一个念头就是去找乔治或其他人来。说实话，我的第一个反应是奥斯蒙德爵士自杀了，所以没有觉得有人从窗户进来。我再没想过这个问题。毕竟做侦查工作的不是我，我没有义务去记住每个细节再告诉你，对吧？"

"不过，"卢思顿问，"你觉得要是其他人注意到并提起会更好是吗？"

"你无权假设我的想法；而且你错了，我完全没有这样想过。"他愤怒地反驳道。

"好吧，"卢思顿舒缓了语气，"还有一个小细节。你究竟为什么去奥斯蒙德爵士的书房？"

"这个简单。"维特科姆答道，稍稍松了口气。"在我离开书房要去仆人休息室扮圣诞老人之前，他让我回去告诉他事情办好了。"

"奥斯蒙德爵士有说他为什么留在书房吗？"

"没有。不过他并不会做过多说明。可能是因为孩子们的吵闹声有些累了吧。一个人在书房坐着听起来不像他的作风。"

"关于彩炮，他有吩咐你什么吗？"

"他从没提过彩炮的事。每个人都在说彩炮，可我不知道彩炮是哪儿来的，跟我肯定一点关系都没有。"

卢思顿几乎掩饰不住自己的惊讶，但他只是坚定地问："所以在大厅里发彩炮是你自己的主意？"

"我说过了，我什么都不知道。这当然不是我的主意，我都不知道是谁发的；我不知道有谁能告诉你。彩炮就是个谜；你可能因为大家谈论彩炮，或不谈论彩炮，而认为其中一个是炸弹。"

卢思顿不敢相信地看着他。"你不会是在告诉我去给仆人发礼物前把彩炮分给孩子们的不是你吧？"

"我就是这个意思。我发彩炮？怎么可能。我一个彩炮都没见到过。"

"你知道有两三个人看到你在大厅分发彩炮吗？"

卢思顿不知所措了。他看着维特科姆，似乎无法确定他的脑子是不是正常。就目前看来，他没有因维特科姆的否认而慌乱。他之前被窗户的问题困扰，不过随后又冷静了下来。我拿出一张法莱克斯米尔一楼的平面图，把维特科姆叫过来，让他在上面画出他从离开书房起的行动路线。他走到我窗边的桌子跟前，拿出一支铅笔，在图上画了一条路线，从书房门穿过大厅，由后门出去，穿过走道和门，进入仆人休息室。

卢思顿在他身后看着，当维特科姆画到终点时，他抢过铅笔叫道："你画漏了！"

维特科姆一惊，一脸忧虑。他非常仔细地看着卢思顿画了一条线，从走道进入餐厅，从餐厅的另一个门又回到了大厅。然后他抬头看着维特科姆，维特科姆摇了摇头。"不对，我回来的路线不是这样的。再说，那扇门是怎么回事？"他指着餐厅和藏书室之间的门问，"那里没有门吧？这张图不对。"他的眼睛从平面图上抬了起来，看向藏书室的角落。

那扇门被隐藏了，一般不使用。在这次问话之前我都不知道有这扇门的存在。在餐厅这侧，它被和其他墙面一样的墙纸盖着，而在藏书室那侧，门上装了书架，开门的时候就晃得厉害。要像维特科姆现在这样仔细看才能发现是扇门。

"对，我想起来了。仆人就是经过那扇门去看圣诞树的。我之前从没注意过。"

"你的观察力是不是不太好？"卢思顿讥笑道。

"我的观察力应该属于中等，不过我也没有去仔细看它的理由。反正我没有走这扇门。我回大厅的路线和我出去的路线一样。"

"不是第一次吧。"卢思顿小声说。

"我不明白你说的第一次是什么意思。我离开这里去了仆人休息室之后又回来了，然后返回奥斯蒙德爵士的书房。"

"你是说你离开大厅之后，去仆人休息室之前，就没有回来过？"

"我就是这个意思。我刚在图上画给你看了，我离开和回来走的都是同一条路。"

卢思顿现在就像热锅上的蚂蚁。他终于放弃了，没好气地对维特科姆说他可以走了。维特科姆转向了我。

"哈尔斯托克上校，我原本计划明天回家，应该没有问题吧？"他问话的口吻挺焦虑的。

"照目前的情况看，恐怕有，"我说，"你是一名重要证人，可能还会需要你。我不能让任何人离开这里——呃，直到所有事实都弄清楚。"

"好吧，我知道了。要是能尽快放我走的话，我不胜感激。我担心这家人，你知道，"他补充道，"毕竟他们这个时候不希望外人在。"

在他走之前我又问了他一个问题：从他穿上圣诞老人的服装到发现奥斯蒙德爵士死亡，他有没有在任何时间脱掉过衣服。

"当然没有！虽然我很想脱，但我接受了命令要在离开房子前扮演圣诞老人；然后我本来要从后门以我本人的样子重新出现的。"他说。

卢思顿在维特科姆离开后爆发了。"疯子！那家伙就是个白痴！他怎么可能指望我们会相信他的鬼话？温福德夫人和波蒂珊小姐的证词都指向了他，她俩是我们信息最明确的证人了。她们会对证词起誓的，我敢保证。"

我只是问他："她们到底会对什么话起誓？"在他冷静一点之后，我觉得他的想法会变得和我现在一样。不过，我注意到了两点卢思顿没有发现的事。一是当维特科姆发现平面图上餐厅和藏书室之间的门时，他脸上真实的惊讶表情。二是当卢思顿说"你画漏了"时他忧虑——或许还带着负罪感——的神情，以及当卢思顿拿着铅笔画出从大厅后侧的门到餐厅的路线时，他脸上的肌肉重新放松下来，一副解脱的表情。

卢思顿站在壁炉边，沮丧地看着我。就在这时，肯尼斯·司道尔经过窗外，沿着石子路溜达，嘴里叼着根烟斗。

"你还是不想逮捕维特科姆吗？"卢思顿问。

"一点儿也不想，除非他做的事情让他需要被逮捕。好好盯着他。"我说。

肯尼斯又走了过去，跟我对视了一下，疑惑地挑高了眉毛。

"你可以去查查看能不能找到医生看到的那辆老式轿车，"我对督察说，"再问问你的人联系上奥斯蒙德爵士的律师没有，还有他什么时候过完圣诞假期回来。"我如是说。

我留下咒骂着公共假期的他去找肯尼斯，看看他有什么话要说。

雨已经停了，只见肯尼斯在位于书房和藏书室窗户下的正门和石子路之间踱着步。

"还没有想出处理办法吗？"他问，"其他人也没有。全家人都不*知道*是谁干的。已知的事实指向了维特科姆，但大家认为他没有任何理由射杀奥斯蒙德爵士，于是就对自己的怀疑视而不见。我相信如果让他们讲出圣诞节前几天发生的事，就能很清楚地了解所有真相了。"

"好主意！"我话里带刺地赞同道，"凶手会一五一十地告诉我们他是怎么杀的人、为什么要杀他了！"

"我把凶手排除在外了。我相信其他人的认知里藏着线索，但一方面他们没有意识到，另一方面他们什么都不愿意告诉你，因为不想透露自己在怀疑谁。"

我回他说，我不需要他特地跑到法莱克斯米尔来跟我说这些。

他没有理会我，继续说道："我给希尔达、珍妮弗和菲利普·切利顿安排了任务，让他们在接下来的24小时或更久的时间里保持沉默。我让他们每人写下事件经过，内容保密，用来指认凶手。菲利普会写总体的家庭状况，因为凶手似乎是个外人。希尔达会描写周六、周日的情况；珍妮弗写周一的。他们会把能记得的任何小事、对话等都写下。我想让你叫梅尔布里小姐和波蒂珊小姐也把周二和圣诞节当天的内容写下来。我跟她们没那么熟，不想像你的密使一样接近她们。"

我只能说："我不这么觉得！"

他的话显然消除了我每一条反对他的理由；他的想法在于，他们在坐下来写东西的时候会稍微放松警惕，说不定会透露出对我有用的信息——虽然这些信息在他们看来不值一提，而我又不能以问话的形式套出这些话来，因为我什么都不了解等。他认为自己挑选的这几个人不用太费劲就能写出跟案件相关的叙述。菲利普·切利顿学识渊博，珍妮弗也有心往文学方向发展，波蒂珊小姐做事干练（同时也因为她和奥斯蒙德爵士关系密切），希尔达之前是名教师，他觉得希尔达相较于其他家庭成员来说能从更客观的角度看问题。他说迪迪太伤心了，还是不去打扰为好。艾琳娜、帕特里莎和乔治就不用指望了，他们能连着写三句语法正确的句子都不错了。戈登·斯蒂克兰靠不住；他自我意识太强了，会写下他认为合适的说辞，且绝对不会忘记这个前提。

我对肯尼斯给出的选人理由很好奇，问他为什么没让卡罗尔写。她受过良好的教育，性格沉着冷静，我觉得她应该是个善于观察的人。

他面露难色，说："要是你认为合适，也问问她吧。我对她并不了解。有了珍妮弗和希尔达，我觉得她的叙述不会有任何额外的帮助。"

"那为什么没有维特科姆？"我问道。

"他太愚钝了。没有想象力。"

"可我们不需要想象，我们要的是事实。"我答道。

"有了想象力才能看到事实。"

"还有，你究竟为什么要让梅尔布里小姐写？"我终于问道。

"听说米尔德里姑妈写的长信是出了名的，她经常给相识的人写信，告诉他们各种新闻，任何事情都会说得明明白白。她写的东西满篇都会是各种流言蜚语，可能还不会是什么好话。她给出的什么人为什么要做什么事的解释都一定是错的，但她道听途说了很多事情，是个刺探别人生活的专家，说不定会给我们有价值的信息。"

当然，批评肯尼斯选人的理由并和他一起探讨表示我默许了他的计策。这就是他的手段。他总是提出匪夷所思的建议，把你拖进讨论中，随后你就会发现自己接受了他的计划。总之，我答应去让波蒂珊小姐和梅尔布里小姐写下自己的所见所闻，肯尼斯则去跟大家一起吃午饭了。

我在车道上逗留了几分钟，车道旁一块亮眼的碧绿草坪突兀地映衬着冬天苍白的景致，草坪沿着下坡铺展到灰蒙蒙的、水面如镜的池塘边。我思索着午饭前会不会有时间穿过后面的矮林，到池塘边散个步，因为乔治坚持说我务必要和他们家人一起用餐。我发现池塘边有两个人影，速度很慢地朝上坡的小路移动，向屋子走去——那位女士有着一头亮丽的红发，被深色外套罩着的黑色连衣裙随风飘扬，能看出较矮的是波蒂珊小姐。她身边笑盈盈的、穿着长筒靴的是司机宾汉姆。我想起之前听说过他们互有好感，得知波蒂珊小姐在这个家里至少有一个朋友，觉得十分欣慰。我放弃了散步的打算，因为现在正是拦下波蒂珊小姐，完成肯尼斯所托的机会。

备注：*菲利普·切利顿、希尔达·温福德、珍妮弗梅尔布里、"米尔德里姑妈"和波蒂珊小姐的陈述在经过极少量的校正后组成了本叙述的前五章。*

第十章

手套的线索

哈尔斯托克上校　书

波蒂珊小姐愉悦地走进大厅，嘴角挂着一丝笑容。当我请她以故事的形式而不是作为证词写下圣诞节当天发生的事时，她似乎并没有觉得这个请求有任何不寻常的地方，这让我松了口气。我吩咐她不要对其他人提起此事。她答应的口吻仿佛在说她做梦都不会透露出去。她转过头去，然后迟疑了。

"哈尔斯托克上校——我可以去书房拿我的打字机吗？如果没有特别要求的话。"

我跟她一起去拿打字机。打字机放在电话桌内凹的搁板内，上面盖着盖子，但仔细一看，我们俩都发现盖子没有盖好，只是松松地放在上面，有一点歪斜，并没有扣上。

"噢，我知道了！"波蒂珊小姐豁然开朗地说，"可能是卢思顿督察或者他的手下用了打字机，但显然不知道要怎么盖上盖子。要是不了解它的话是挺费解的。这台是雷明顿牌的；很不错的牌子，对吧？你看，要把这按钮按进去——然后听到咔嗒一声，盖子就扣上了。不过我在想，要是我把打字机拿走了，卢思顿督察要用怎么办？"

我想也许是米尔之前用它打了维特科姆的回答，不过他要用的话还能再借，便让她拿走了。

"对了，"我问道，"你最后一次用它是什么时候？你每次用完之后应该都会把盖子盖上吧？"

"噢，是的。奥斯蒙德爵士是个很讲究的人，不喜欢打字机没盖盖子就放在那儿。我想想，圣诞节那天我肯定没有用。对了，应该是周二早晨，奥斯蒙德口述了几封信件。"

我问她奥斯蒙德爵士有没有用过打字机，她很肯定地认为没有。她觉得他不知道怎么用。他的大部分信件都是口述的，甚至私人信件也是。

她补充说："当然了，虽然是我自己的东西，但我不反对任何人用它。任何人都能轻易拿掉盖子摆弄它。我很理解他们不知道怎么把盖子放回去，这没有任何影响。非常感谢。"

她盖好盖子，提起打字机的把手，再次站在那儿犹豫了。

"哈尔斯托克上校，我有些为难。说实话，我不知道
自己现在处境如何。我很想把事情做对，当然是做奥斯蒙
德爵士希望我做的事。你觉得我该准备尽快离开法莱克斯
米尔吗？我真不知道该怎么办！"

我答应她会跟乔治爵士聊一聊，但无论如何我们都需
要她多留几日。她快步走开了，看上去开心了一些。

他们端了午餐盘送到藏书室给卢思顿，他正津津有味
地吃着。我问他关于打字机的事。他很肯定米尔没有用
过，他自己也没动过。他认为也许是其中一个手下在搜查
书房的时候把盖子拿下来了，虽然可能性不大。

他收到了奥斯蒙德爵士的律师克鲁肯的消息。他锁了
房子去过圣诞节了，警察一直在找他。

"他今天下午回布里斯托，抱怨个没完，说他没法出
门见你，因为他这周给司机放了假，无法联系他。他自己
不开车，公共假期也雇不到车，又不知道怎么搭公交车。
问题特别多。所以我跟他说我们会派人去火车站接他。不
过我觉得咱们之中的一个必须去。任何人都不得离开这栋
房子，除非有人看着。"

我羡慕卢思顿能在宁静中享用一顿大餐，我不情愿地
来到餐厅，成为晚到的一个。其他所有人都坐在桌边。午
餐是自助的，我拿了吃的，坐在乔治和迪迪中间的位子
上。这顿饭吃得并不愉快。梅尔布里小姐和帕特里莎坐

在桌子另一端，冷冷地看着我。在其中一个令人尴尬的谈话间隙，梅尔布里小姐愠怒的声音传到我耳朵里，"——什么都没干，这也就意味着，我的天，那个残忍的罪犯还在我们当中，满手沾血。要是不出几天又发生一件可怕的事，我一点儿也不会觉得奇怪！反正至少我能说的都说了，不过当然没有人会把我的提醒当真——"

乔治挺身而出想盖过她的话音，但结局很惨烈。他身子前倾，脸色涨得通红，跟坐在对面的大卫爵士不假思索地说："下午想去透透风吗，大卫？他们准许我们到外面的车道去，上校告诉我的。兔子是打不着了，来练练瞄准怎么样？"

"乔治，你这个白痴！"戈登·斯蒂克兰对着自己的盘子说。这句沉甸甸的话音落地，所有人再次静默下来。戈登抬起头声音洪亮地说："伊妮德用她的新相机照了些照片，需要人帮忙在暗室把照片洗出来。哪位是内行？"

这间暗室是多年前在弃用的乳品厂里专门为乔治改装的，可惜已经被改作灵堂了，在座的有几个人知道，但戈登并不知情。就在我们用午餐时，宾汉姆和帕金斯正把遗体从那间"暗室"搬到奥斯蒙德爵士的卧室。斯蒂克兰被可怕的寂静吓住了，只有维特科姆自告奋勇，战战兢兢地打破了沉默。

"呃，我倒有接触过一点——"他的话音逐渐衰弱，因为每个人都阴沉沉地看着他。

卡罗尔嘟哝道:"天哪! 真是可怕的一天! 做什么都不安全。"

说来也怪,迪迪似乎是唯一一个带了脑子的人,因为是她开始谈论肯尼斯在美国戏剧性的旅行。进入这个话题之后,每个人都大大松了口气。

我意识到他们一定很煎熬,尤其是大部分人都不能做多少需要费脑筋的事情。他们被禁止离开房子,只能在视线范围内在车道上走动。除了呆坐着怀疑对方之外无所事事。

我尽可能快地吃完午餐起身,出门经过肯尼斯身边时,我小声跟他说想跟他谈谈。我在大厅等了几分钟,他很快就来了。我告诉他说如果梅尔布里小姐要写事件经过,需要他来跟她说。我预感她不会配合我提出的任何请求。

"你怎么能错过这么好的机会! "肯尼斯说,"她会觉得你终于恢复理智,问对了人。况且她对我的印象很差。她对你的印象倒还不错,但她觉得你没怎么注意到她。要是她知道我会看她写的内容,她就不会想写什么就写什么了——"这时,餐厅门打开,他快速溜走了,留下我在大厅中央,有几个人从餐厅走了出来。我满脑子依旧是肯尼斯愚蠢的建议,认为说服米尔德里姑妈写下圣诞前夜的事情经过是很重要的事，于是立刻拦下了她。她的确跟肯尼斯之前说的一样高兴，假装立刻明白凶手为什么选择在那天作案。

"当然可以，很高兴能尽我的绵薄之力，哈尔斯托克上校。当然，并不是因为我能告诉你什么重要的线索，不过我觉得大家都会认同我是很有眼力的人，在那种情况下，大家自然都很紧张，可我所有细节都注意到了。写这个是保密的，对吧？"

我向她保证是保密的，她就快步走开了。我没有试图问他们为什么在周二都紧张兮兮的，因为我已经试过打探深藏的原因，得到的答案只是因为每次梅尔布里家聚会都自然会带有紧张的气氛。

她离开之后，我又等了乔治一会儿，想问他关于车的事情。跟乔治说完之后我又在壁炉边站了几分钟，思索我的计划。宾汉姆从后面的门走进大厅，手臂上挂着一大块毯子。我以为他是来叫我的，惊讶他这么快就把车备好了。他看到我，说道：

"车还要5至10分钟才能好，先生。预热要花点时间。圣诞节那天，这个（指着毯子）——放在引擎罩上全湿了，刚刚才晾干。"

他笨拙地掏了掏口袋，拿出一只手套——一只款式普通的男士猪皮手套。"我捡到了这个，先生，"他咕哝着说，"今早我正收拾那些灯泡的时候，在书房捡到的。应该不止这一只。我想着应该告诉您一声，先生。"

他似乎对自己的发现显得有些愧疚。我假装只是略微感兴趣的样子，问他手套是在哪儿捡到的。他说是在较远的角落，落在堆叠在一起的一大堆包装纸里。他发现那只手套纯属偶然；否则手套很可能已经被拿走，跟包装纸一起烧了。他说已经试着找过另一只配套的手套，但没有找到。

想到他已经把这件宝贝藏在口袋一整天，我对他很是恼火，但又不想吓到他，因为他像是会在被责备时很快开始撒谎自卫的人。我只是平和地问他为什么没有立刻把这件事告诉我们。他似乎很早就发现了手套，卢思顿或我都不在场。当时除了一两个女仆外没有其他人，他一开始也什么都没想，只是认为有人丢了一只手套。随后他反应过来，在那里丢手套很奇怪，其中可能有重要的原因。

"但愿我没做错事，先生？"他最后焦虑地问。

我肯定地说他做了十分正确的事，虽然有耽搁，也许关系不大，就让他去拿车了。我把手套拿给卢思顿，跟他说了宾汉姆的话。他两眼放光，但在仔细检查了这只手套后他显得有些失望。

"没错，每个人的手套都长得差不多，"我说，"除非手套的主人蠢到保留另一只，否则你的调查会有点困难。"

　　"可他*的确*是个蠢到家的家伙！"卢思顿说，"他把手套掉在那儿做什么？虽然他确实不能在这里或书房毁掉它——这种煤气暖炉不行。大厅里有开放的火堆，不过附近可能一直都有人。要是他能把所有其他衣服都弄走，怎么会单单落下一只手套呢？真搞不懂这人究竟是疯了还是有什么阴谋诡计在里面。"

　　他把思绪从这个问题上抽离了一分钟，告诉我说圣诞老人发的彩炮是波蒂珊小姐跟其他圣诞用品一起订的，本来要在一个下周举办的聚会上用。彩炮被放在餐厅的一个橱柜里，任何人都能拿到。家里人的总体想法是，这些彩炮并不是打算在圣诞节用的。

　　我留下他继续为手套闷闷不乐，到布里斯托见克鲁肯，调查奥斯蒙德爵士的遗嘱内容。

第十一章

奥斯蒙德爵士的遗嘱

哈尔斯托克上校　书

在去布里斯托的路上，我坐在宾汉姆旁边，现在我有时间鼓励他开口，他也随时准备要把知道的告诉我。就算是仆人休息室里的闲言碎语也说不定会有有价值的蛛丝马迹。宾汉姆或许知道一些信息，不够具体，但比不知主人的手套更有用。

他主要担心那些"可怜的孩子"。"对他们来说是件可怕的事，祖父就那样在离自己这么近的地方被枪杀了，他们还毫不知情地玩彩炮。奥斯蒙德爵士也很可怜，他那么想孩子们。是他想出扮圣诞老人的主意的；他把这个想法跟我说了，因为我要去负责装点圣诞树之类的事。他完全不知道会发生这样的事。"

我问宾汉姆认不认得克鲁肯，因为我和这位律师只是泛泛之交，在车站的人流中可能认不得对方。

"我认得，先生；我跟他很熟，应该能认出他来。有一次从布里斯托接他来跟奥斯蒙德爵士会面，不过上次我可怜的主人见他是他自己到布里斯托，去了克鲁肯先生的办公室的。应该是圣诞节前的那个周四。我记得这么清楚是因为奥斯蒙德爵士在去布里斯托的路上一直坐在后座写东西。我就在想，"宾汉姆虚伪地说，"奥斯蒙德爵士是不是在写遗嘱，当然我不*知道*他到底是不是在写，但之后说到律师和我可怜主人的死，我自然就想到了。还好他在被人那样一枪崩了之前就把财产分好了，不论是以什么方式，现在他的财产就会按他希望的那样分割了。让人很疑惑，对不对，先生，他是不是像他们说的那样有预感。他可能已经知道有某个隐秘的敌人，对他怀恨在心，您认为呢，先生？"

我觉得宾汉姆电影看太多了，但还是问他奥斯蒙德爵士有没有什么潜在的敌人。

"怎么会，绝对没有，先生！我想不出谁会那样射穿他的脑袋。我一点儿也想不明白。"

在装饰得很奇怪的假城墙下①，一大群来过公共假期的人从寺院草原火车站涌了出来。宾汉姆在人群中认出了一个高个子、脸色憔悴的驼背身影，他跟着这个人朝车子走来，而我坐在车里等着。克鲁肯的两条黑眉毛愤怒地挤在

---

① 译者注：寺院草原火车站的外观像古老的城墙。

一起，长鼻子红彤彤的，脸上其他地方则是蜡黄的。圣诞大餐并没有把他滋养得很好。

我已经换到了后排座位，克鲁肯给宾汉姆指了路线后上了车，坐在我旁边。

"我让宾汉姆直接把车开到我的办公室去，"他说，"还好我带着所有钥匙，很快就能拿到那份遗嘱——应该就是为了看一眼遗嘱，你才让我在这大好假期大费周章地跑来吧？太可怕了，真的。"

他随后开始描述铁路工作人员有多恶劣，看球的人群有多吵闹，还有国家的整体情势有多可悲。

到他办公室门口时，他招呼道："进来吧，快！热烈欢迎。壁炉上有圣诞柴，门上还有槲寄生！哈哈！"

我说跟我讲讲遗嘱的几个要点应该不用很久，然后就能开车送他回克利夫顿的家。

"啊！那里可是个待客的好地方！"他低声吼道，"女仆全都放假回家了；房子锁着；银器都放在银行！噢，你一定会觉得家里很有节日气息的！"

最简单的解决办法是我们俩开车去我家，我可以晚点再送他回去。他已经给管家发了电报，管家在布里斯托跟家人过节，他说女管家会在晚饭前把家里收拾好。听了我的建议，他平静了许多。打开外面的门之后，他三步并作两步地跃上台阶，去拿奥斯蒙德爵士的遗嘱。

在去我家德威布鲁克斯的路上，我们小声讨论着。宾汉姆说得没错，奥斯蒙德在圣诞节前的那个周四拜访过克鲁肯，两人谈论过修改遗嘱的事。原来的遗嘱曾被拿出来，奥斯蒙德爵士看过之后在上面打了草稿，记下他还在斟酌的修改。他当时带了一张小纸片，显然之前在上面写过这些修改计划，后来把纸片带走了。克鲁肯在奥斯蒙德说话时做了记录，他有修改过的遗嘱，也知道奥斯蒙德爵士原来遗嘱上的数目分配。他还没有起草新遗嘱。奥斯蒙德爵士之前说过，他想在圣诞节后约一周再看。克鲁肯觉得他的客户还没有最后下定决心，奥斯蒙德爵士的最终决定或许要依据各位家人在圣诞节来访期间对他们的看法来定。

"以我对他的了解，他不是一个会过多谈论如何处置财产的人，"克鲁肯说，"不过也有一些传言，在我看来，这份文件里有两个动机。在打算订立的新遗嘱中，有几个人会失去很大一部分财富，阻止新遗嘱的执行会对他们有利。另外一批人在新遗嘱中会收获颇丰，要是他们听说老人的不实传闻，可能会以为遗嘱已经被修改了，或者这些笔记是有效的，那现在就是他们出手的时候。"

律师舔了舔嘴唇，"这是很棘手的问题，哈尔斯托克上校。很棘手。"

他对案件本身没有表示出丝毫兴趣，没有问案件经过，甚至连我们有没有抓到人都没问。

"哈尔斯托克上校，这个平凡的人，"他继续说道，"我可能要说，他在订立遗嘱这件对所有人都这么重要的事情上被严重混淆了试听。如果有人得知了遗嘱被改动的地方——要是有人知道的话——便认为这就是死去的奥斯蒙德爵士的正式遗嘱的话，我也一点儿都不会惊讶。"

我问他这些修改有没有任何效力；从遗嘱的改动中受益的人有没有根据试图推翻遗嘱本来的内容。

"没有任何根据！"克鲁肯说，向后靠在椅子上，噘起嘴唇，十指指尖互相碰着。"那些笔记没有任何作用；一丁点儿都没有！我能提供证据证明它并不代表奥斯蒙德爵士最后的决定，除此之外，我也已经想好在从他那里收到消息之前不起草新遗嘱，因为我完全能预见到他也许会改变主意。"

回到德威布鲁克斯的家中之后，我领克鲁肯进了书房，让人泡了茶来。之后，他解开粉色的缎带，展开了文件。我感觉到克鲁肯在车上的时候认为不宜谈论除大致情况外的内容，所以我只是猜测维特科姆的名字会不会出现在纸条中。快速查看了一遍遗嘱后我确定他并没有被提及。

除了寡妇小屋给了梅尔布里小姐外，法莱克斯米尔和所有其他地产都留给了乔治。这真是个阴险的玩笑。寡妇小屋在村里的位置就在车道入口，奥斯蒙德爵士在世时不让姐姐住在离自己这么近的地方，却把她干干净净地甩给了乔治。梅尔布里小姐也得到了500英镑遗产，她应该不会太开心。在法莱克斯米尔工作超过三年的所有雇员，包括家仆和场地工作人员，都获得了一小份遗产，帕金斯和宾汉姆得到的最多，每人500英镑。给慈善机构的几份赠予加起来不到1万英镑。卡罗尔·温福德得到了1000英镑，格蕾丝·波蒂珊1000英镑。对于一个私人秘书来说这是一笔十分丰厚的遗产了，但我认为也不至于让这家人怒气冲天。地产剩下的部分被分成六份，两份给了乔治，希尔达、艾琳娜、伊迪斯和珍妮弗每人各得一份。

遗嘱里没有任何出人意料的内容，基本都是可以预料到的，我觉得全家人都能松一口气了。我坐着思考时，克鲁肯观察着我的表情。

"分配得挺合理，对吧？啊——现在再看看他的笔记，他的字有时候挺小的，看不清的话就看看我写的吧。"他把一张纸递到我跟前，解救了我。奥斯蒙德爵士在遗嘱页边空白处写的字迹又小又潦草，笔画像残破的蛛网连接着纸张其余的部分。

在修改后的版本中，给慈善机构、雇员和梅尔布里小姐的部分没有改动。卡罗尔和波蒂珊小姐的名字被除去了。剩下的财产被分成八份，乔治得到两份，和之前一

样；希尔达、艾琳娜和卡罗尔各得一份；至于珍妮弗，如
果她在父亲去世时还是单身，分得两份；剩下的部分伊迪
斯和格蕾丝·波蒂珊分得的一样多。如果珍妮弗已婚，将
得到八分之一，余下的第八份将被希尔达、卡罗尔、艾琳
娜和伊迪斯平分。因为关系到主受益人，我列出了两个版
本的遗产分割方法。

现有遗嘱的分割：		修改后的分割：
乔治	三分之一	四分之一
希尔达	六分之一	八分之一
卡罗尔	1000英镑	八分之一
艾琳娜	六分之一	八分之一
伊迪斯	六分之一	十六分之一
珍妮弗	六分之一	若未婚，四分之一
		若已婚，八分之一
G.波蒂珊	1000英镑	十六分之一

　　理解了奥斯蒙德爵士笔记的要点后，我的第一个念头
是还好他没有真正执行修改后的遗嘱。要是家人知道了他
在考虑什么，那就糟糕了！我推测珍妮弗之所以可以在未
婚时获得两份遗产是因为她父亲能肯定她不久就会结束未
婚状态。这就像悬在她面前的一种惩罚，因为她没有遵从
父亲的意愿。

"那么，"我问克鲁肯，他正嘲讽地看着我，"这是什么意思？遗产总计大概有多少？"

"他分得很细，很细。他是很细致的人。但这个时候我或其他人都说不好他到底身家多少。这么说吧，提醒一句，我私下告诉你：除了法莱克斯米尔和其他房产外，他的总资产应该能接近20万英镑。"

我快速计算了一下。"也就是说，女孩子们每人能得到约3.3万英镑。根据修改后的遗嘱分配，除了伊迪斯之外，她们每人能得2.5万。能够从修改后的遗嘱中获益的主要有：卡罗尔，得到的不是一千，而是2.5万英镑；格蕾丝·波蒂珊，1.25万英镑——一笔巨大的财富，足够她一生衣食无忧；还有珍妮弗，如果未婚，能得到5万英镑，而不是3.3万。"我思索着，觉得情况并不乐观。

"你是按最大数值来估算的，"克鲁肯说，"在分割之前有各种各样的财产要从总数里扣除，然后还有遗产税。"

"没关系，"我跟他说，"我的数字表示的是比例，如果遗产真像你说的那样，总数就跟我算的相差不远了。我们来看看修改版中谁的利益受损了吧。首先，伊迪斯会得到可怜的1.25万英镑，而不是3.3万。这是最主要的一点。乔治和艾琳娜每人会损失一些，仔细算来，艾琳娜损失约8000英镑，乔治损失的数额是她的两倍；不过两人得到的份额依然很可观。珍妮弗如果结婚，会损失一些，不过我们可以不用考虑这个；她可以被算在赢的人里。希尔达损失的8000英镑能从她女儿获得的2.4万英镑里补回来更多。”

“这下梅尔布里家的人可有得算计了！”克鲁肯笑道。

“你确定生效的这份遗嘱完全不会被这些添加的笔记影响吗？”我再次问道。

“绝无可能！那些笔记根本不能算遗嘱；虽然有签名，但没有见证人。并不是说不会有傻子挑战原遗嘱，或者我的同行会不负责任地为他们提供帮助。这里还有勒索的可能。在新遗嘱中收益颇丰的人，可能会采用不太光彩的手段，威胁家里人要采取行动，不是真希望达到目的，而是恐吓家人买通她，避免丑闻公开，趁机敲一笔钱。你知道我说的意思——新闻标题：*富家子弟与漂亮女秘书的遗产争夺战*。非常难堪。”

我无法想象格蕾丝·波蒂珊会参与这种把戏，不过她身后或许有贫困而贪婪的家人逼迫她做这样的事。

我十分投入地研究遗嘱和笔记的含意，忘了倒茶，看到克鲁肯已经悄悄给自己倒了一杯，就向他道歉。其实从变轻的茶壶就能猜出他在我忙着看字条和计算数字的时候已经喝了一杯，现在倒了第二杯了。

关于遗嘱，我已经掌握了所有需要的信息，把它交还给克鲁肯，问他在读遗嘱的时候需不需要把笔记也念出来。

"不用，笔记不属于遗嘱的一部分。但他们任何人都有权利看遗嘱，他们肯定迫不及待地想看。大家都这样！他们认为我肯定弄错了数字，或者试图发现一两句我没注意到的句子。"他干笑了几声。

这时传来了电话铃声，不一会儿，我书房的分机响了，告诉我是我的电话。我一到家就已打了电话去法莱克斯米尔告诉卢思顿我在哪儿。

接起听筒时，一阵嘈杂的响声差点把我震聋了，只能隐隐约约分辨出有人在说话。电话在圣诞节那天就出了问题，奥斯蒙德爵士去世的消息又让我忘了叫人来修理。现在电话还是不好用。最后我终于听见卢思顿恼怒的声音一遍遍地说：*"能听到吗？喂！喂！"*

我答他之后，他清晰地说：*"还记得你说的那双男士手套吗？没想到，手套主人还真蠢得出奇！不仅如此，我已经把他抓到了！"*

他还说了很多，模糊的话音被电话嘈杂的嗡嗡声盖过。我什么也听不清，只听到卢思顿把维特科姆带到了警局，我不用去法莱克斯米尔见他们了。我让卢思顿叫肯尼斯·司道尔带消息来，我猜他还在法莱克斯米尔，会在回托勒德家的路上经过我这儿。我告诉他可以信任肯尼斯，他鼻子里哼了一声作为回应。

我安排宾汉姆开车送克鲁肯回布里斯托，然后再让司机直接回法莱克斯米尔。我不认为他会做什么伤大体的事；他不可能预见到自己会被留下一个人，在去把车开出来的时候被人监视——我很欣慰采取了这个预防措施，因为我知道法莱克斯米尔藏着秘密，但愿马上能将其破解。

送走克鲁肯后，我妻子进了大厅。我告诉她我在等肯尼斯·司道尔，想跟他单独在书房聊聊。

"肯尼斯·司道尔——是那个几年前经常来这里的年轻人，是吗？没错，我肯定记得他；微笑很迷人！现在是个挺有名的演员，对吧？还有——对了——我在托勒德家见到他了，就在圣诞节之前；当时是周一，迪迪·埃文施特也在。"

"迪迪？你确定吗？"我问道。

"当然确定！我在迪迪嫁给那个可怕的人之前就认识她了。我还想着她老了许多；她不会超过三十岁太多，却一脸沧桑。可怜的迪迪！你知道吗，你可能不太了解她，她这人比你想象的要好得多。她一直有什么话都放在心里。曾经有传言说她和肯尼斯·司道尔有一段感情；她或许应该嫁给他，不过，就像她家的大部分人一样，她把金钱看得太重要了，而他当时穷得叮当响。"

我开始遗憾不能和妻子谈论梅尔布里家的案子。我只是问她大卫爵士周一有没有在托勒德家。

"没有，我肯定他不在。不过我没有待很长时间；我只是为了给孩子们带礼物去的。迪迪没有住在那里，你知道；我猜她是从法莱克斯米尔开车去的，请年轻的司道尔用午餐或者吃吃东西之类的；我真是喜欢他对人笑的模样，好像世界上只有对方一样！真希望他对所有人都露出一样的笑容，不过我看着依旧很舒心。"

我把这些思索了一遍。肯尼斯之前出人意料地现身法莱克斯米尔的时候，我问过他怎么知道迪迪在那儿，他回避说出那个很明显的答案——他们周一见过面。我让他打探这个案子是因为我认识他，也因为——就像我妻子会说的——他有他自己的一套。可我开始感到不安。

我给老相识马克思·托勒德打去电话，问他能否为肯尼斯提供一份在圣诞节确凿的不在场证明。我没有把这事说得那么严重，说因为肯尼斯在法莱克斯米尔进进出出，询问他的行踪只是例行公事，因为家里的每个人我们都问过了。托勒德很确定肯尼斯整个下午和晚上都和他们在一起。他说他的妻子、几个女儿和几位宾客都能做证。"他非常谨慎，"托勒德又说，"从他嘴里我们什么都问不出来，我想我不该问你，可这件事对梅尔布里家来说是个沉重的打击，听到你说事情已经弄清楚了，我总算能放心了。"

第十二章

拿着火钩的对抗

哈尔斯托克上校　书

　　肯尼斯到德威布鲁克斯时已近晚餐时间，带来了当天下午发生在法莱克斯米尔的事件的完整叙述。卢思顿由于刚发生的事而特别热情；肯尼斯从乔治、卡罗尔和维特科姆本人那里获得了更多细节，还加入了自己修饰的说辞。以下就是他的叙述：

　　虽然维特科姆从早上卢思顿对他的问讯中脱身，但他还是很担心（"肯定不是他干的，"肯尼斯说，"他也不知道是谁干的。"）。所以他在下午四处打探，努力想捕捉到一丝线索（或许是找机会埋下一条），好把抓捕对象转向其他人。但卢思顿已经安排米尔去看着维特科姆，肯尼斯自己也在注意他的举动。一家人被许可在房子前的石子路和书房一侧窗户下的小路上透气，维特科姆曾在这里出现过一次，但米尔在附近冷冷地看着池塘沉思，还有肯尼斯在车道上，擦擦挡风玻璃或者看看天上有没有飘下初雪，所以最终维特科姆放弃了，不堪其扰地返回大厅。

米尔从后门和后楼梯绕了回来，来到主楼梯上，在从底部向右延伸的一级台阶上站好。在这里他能透过栏杆俯瞰大厅。维特科姆没有注意到他在那儿，或许以为警察只注意户外的不正常举动。其实米尔不仅是在大厅监视维特科姆，同时也在守卫楼梯，因为斯坦普利警员正在搜查维特科姆的卧室。

珍妮弗、梅尔布里小姐、波蒂珊小姐和菲利普都在自己房间忙着做肯尼斯给他们布置的"作业"，其他大部分人都在客厅，这些维特科姆都知道。他拉过一把扶手椅到大厅的壁炉旁，拿起一本《闲谈者》。翻了几页之后，他把书立在椅子的扶手上，然后像是在胸前的口袋里翻着什么。米尔看不到《闲谈者》后面的情况，书无疑是个遮挡，为了不让进入大厅的人看到。

米尔认为维特科姆是抽出了一本口袋书或一个钱包，取出了里面的什么东西，之后又把钱包放回了口袋。他匆匆环顾了大厅。米尔满心期待地踮着脚尖，然后冒险往下走了一两级台阶。维特科姆拾起一根拨火棍，拨弄着火堆，火堆刚刚生好，火光还很暗，他直拨到一束火光蹿起。米尔立刻跳下了台阶，维特科姆听到响声，吓了一跳，抓住他从钱包里掏出来的东西——原来是一张信纸。

他手忙脚乱地摸索着，因为《闲谈者》压在了纸上，但他还是成功把纸揉成一团，和《闲谈者》其中一页的碎片一起扔进了火里，扔得并不太准。这时，米尔冲到他身边，抓住了火钳，拼命扒拉那张纸。一大堆炉火落在炉床上，还有一些撒在了地上。

维特科姆依旧拿着拨火棍，对着米尔挥舞，大块头的米尔一边躲闪一边呼救。两人扭打在一起滚到了地上。乔治从客厅冲了进来，后面跟着其他人；帕特里莎站在门边尖叫；卢思顿从藏书室冲了出来，斯坦普利也从楼梯上奔下来。肯尼斯在车道上听到叫喊声跑了进来，正好看见地上的维特科姆被乔治和卢思顿抓着，挣脱了的米尔朝壁炉很滑稽地滚了过去，在煤块和灰烬堆中用火钳刨来刨去。

《闲谈者》闪亮的厚书页没那么容易点着，护住了另外那张纸；纸片一角着了火闷烧了一阵，不过一部分还是完好的。经过乔治和其他人的鉴别，这张碎纸片上的笔迹是奥斯蒙德爵士的。卢思顿把它装在信封里封好，现在由肯尼斯拿给了我。

跟那张烧焦的纸片一起放在信封里的还有一张卢思顿写的纸条，上面写着：*我猜这跟遗嘱有关。最后的名字会是维特科姆的吗？*

维特科姆被乔治和卢思顿抓着，在地上冷静下来。允许他站起来之后，他很顺服地进了藏书室，只是抗议着说:"那个笨蛋像头疯了的大象一样朝我冲过来,还用火钳袭击我。"

斯坦普利回去继续搜查维特科姆的房间,没过多久就大获全胜地拿着一只手套走了下来,手套跟宾汉姆在藏书室捡到的是一对。他在梳妆台的一个抽屉里找到了这件宝贝,它被推到了抽屉后部,放在几条手帕底下,但藏得并不仔细。

警员们把两只手套拿给维特科姆看过后问他手套是不是他的。他很平静地承认说手套像是他带到法莱克斯米尔的那副;其实他指出手套里标着自己名字的缩写:"O.W."。他想知道手套是在哪里找到的,跟案子又有什么关系。卢思顿问他能否解释为什么有一只被藏在了藏书室。

"好吧,听好了,"维特科姆说,"我没什么好解释的。你们别指望我能解决你们所有的小问题,尤其是这一个,为什么有人瞎捣鼓我的手套。"(维特科姆自己随后又把这番话对肯尼斯说了。)"你们要是还在念叨彩炮的事,就去叫温福德小姐来。她会告诉你们,我告别奥斯蒙德爵士然后离开大厅之后并没有回来,因为我在过道里跟她聊了几分钟。"

卡罗尔被叫来了,到的时候维特科姆面朝着卢思顿,脸色有些发白,但还是比较平静。她说他们俩都警惕地看着对方，好像随时准备打起来一样。

卢思顿正颜厉色地问他有什么要对卡罗尔说。

维特科姆有些尴尬。"卡罗尔，"他说，"你能告诉卢思顿督察圣诞节那天下午，我穿着圣诞老人的衣服，穿过大厅的门走到后面的过道时做了什么吗？"

卡罗尔十分恼火（她本人的供述），愤懑地说："我不知道我有什么好说的！"

维特科姆说："这是很严肃的事情，卡罗尔。卢思顿警督——"他看了一眼卢思顿毫无表情的脸，"想指控我谋杀你祖父；他认为我在走进过道看见你之后就立刻穿过餐厅把他杀了。"

"噢！好吧，是这样——"卡罗尔转向了卢思顿，"我知道维特科姆其实没有回书房，因为就像他说的一样，我碰到他了，在后面的走道，我在那儿跟他聊了几分钟。"

"你说他离开大厅后碰见了他；请在地图上指出来你是在哪儿碰到他的。"卢思顿要求道。

卡罗尔指了指和大厅后门通着的那个过道；是个很靠近枪械室门口的地方。

"你为什么会去那儿，温福德小姐？"卢思顿怔怔地问。

卡罗尔声称碰到维特科姆的地方恰好就在珍妮弗的小房间外。

"你遇到维特科姆先生的时候又是怎么知道他没有从大厅出来过一次，拿着彩炮回去，之后又出来第二次呢？"（根据事件的描述，在彩炮响了之后，维特科姆没有第二次从那扇门出来。卢思顿下了一个圈套——我猜是两个。维特科姆没有踩入陷阱说"我没有从那里出来两次！"卢思顿无疑希望他这么说。）

"我确定那是维特科姆先生第一次从那里出来。"卡罗尔没有动摇。

"你是怎么确定的？"

卡罗尔思考了一下要如何回答。"为什么，自然是因为他从大厅出来的时候彩炮还没有响。我能确定，因为几分钟之后我听到了第一声响，非常大声，我吓得跳起来了。你还记得，对吧？"她寻求着维特科姆的认同。

"是的，"他赞同道，"你知道，我的听力不是那么好，没注意到彩炮的声音，不过确实注意到温福德小姐跳起来了。我现在记得很清楚。"

"你的意思是，"卢思顿故意问，"你在过道里跟维特科姆说话的时候听到第一声彩炮响了？"

卡罗尔说是。

"那你为什么，"卢思顿质问道，"在我们昨晚问你那个下午做了什么的时候，你没有把这一段告诉我们？"

"嗯，我们当时都很难过，当时的确没有想到。我不知道它很重要。"

"可我们之前问过你去了哪儿，你也没说曾出去走到过道里。你一定能意识到这是很重要的；其中一点是，你知道枪械室在哪儿，那把手枪就是从枪械室拿的。"

"我从来没想过枪械室，"卡罗尔回答说，"我从来都没进去过。我为什么要记得去拿手提包这种事呢？"

"你说的是你的烟盒吧？"

"当然，烟盒放在我的手提包里；因为我想拿烟盒，所以要拿包。"

"如果你一直在门边等维特科姆先生，你自然知道他之前没有穿过那扇门吧？"卢思顿忽然问。

"他吓了我一跳。"卡罗尔说她有些惊讶，但她还是回答说要是维特科姆先生之前从那扇门出去过，她还在大厅的时候就能看到他。她说她从藏书室出来，留下维特科姆在里面等候；之后她想抽烟，就从大厅后面的门出去，来到珍妮弗的房间，她之前把烟盒放在那里了。从藏书室离开维特科姆之后，她没有再见过他，直到她去过珍妮弗的房间返回大厅时，他穿过那扇门进了过道。"我发誓是真的。"卡罗尔说。

"温福德小姐，"卢思顿恶狠狠地说，"有必要的话，我希望你能对刚才告诉我的一切做好宣誓的准备。"

卡罗尔同意了。

接着，卢思顿问维特科姆："如此惊慌失措，行动匆忙，你在过道里和温福德小姐聊了多久？"

"噢，我不太确定；也许几分钟吧，没有很久，因为我要拿礼物去仆人休息室。"

"那你们聊了什么？"卢思顿对卡罗尔厉声说。

"噢，没什么特别的；只是说了事情进行得如何，会不会顺利结束。"卡罗尔之后抱怨说，"卢思顿督察似乎认为这很可疑，可其实对话很自然；每个人都对圣诞老人计划感到有些紧张，害怕会跟祖父闹出什么事情来，大家在那个下午说了得有一百遍'还挺顺利的吧？'"

最后，卢思顿督察坚持维特科姆要跟他一起坐警车到威尔布里基警察局做一份有关手套和那张碎纸的笔录。我猜卢思顿在想，这个过程或许能唬住维特科姆，说不定他能供认什么。

"就这么办了！"肯尼斯说，"但愿维特科姆不会再出什么幺蛾子；我建议他除了事实之外什么都别说，但也别说太多事实，如果被指控杀人，那就闭紧嘴巴，除了说他无罪，想见律师之外一个字都别多讲。"

"你给他提建议！"我倒抽了一口气，"你到底是在帮警方还是在给嫌犯充当侦探顾问？"

"据我所知，维特科姆没有被指控任何罪名；就算被指控，可能也是打人，"肯尼斯说，"我向他提供建议仅仅是出于一个朋友的好心。我敢肯定他说不出任何有用的线索。可怜的小伙子只是脑子一团乱而已。如果把他逼急了要让他给出解释，他只会编一大堆话出来让所有人更迷茫。"

我问他有没有想到什么行动计划。

"等等！"他说，"明天我们要拿到目击者的描述，我们能从这里入手。我还觉得有什么事情会发生；一定会发生。"

我怕他计划了一出不合时宜的恶作剧，但他信誓旦旦地说他一整天什么也没干，只是跟人聊天、到处走动和思考而已。

他说要是相信了维特科姆的说辞，那么显然有其他人穿着圣诞老人的衣服，等维特科姆一离开就拿着彩炮进了大厅，几乎可以肯定那个人穿过了藏书室进了书房开枪。我早就自己得出了这个结论。如果维特科姆真如波蒂珊小姐和温福德夫人所说那么明目张胆地进了大厅分彩炮，他又为何要否认，指望让别人相信他呢？不过我还是认为维特科姆肯定知道另一个穿圣诞老人衣服的是谁，因为他肯定把衣服借给了他，并等他还回来。可卡罗尔要是曾在走道逗留，又是怎么掺和在其中的呢？

"我不确定，"肯尼斯说，"我不认为维特科姆有参与这个事。我的意思是，我有时并不相信。可当我问自己一个问题的时候——他究竟为什么来法莱克斯米尔？——我感觉他一定与整个阴谋有某种联系。"

我知道他是受到了邀请，但从没想过任何他需要出现在这里的特殊原因。

"可是没有人喜欢他，"肯尼斯继续说道，"你一般不会接受邀请，去一个不欢迎你的人家，除非穷得没地方去。维特科姆并不是；他有家庭，有父母和许多朋友。他们都故意冷落他，他在法莱克斯米尔的时光不可能很愉快。"

我提醒肯尼斯说奥斯蒙德爵士喜欢维特科姆，他本来要去追求珍妮弗的。

"胡说。珍妮弗压根不在意他；其实她挺讨厌他的，因为父亲硬要把他介绍给她。珍妮弗根本不可能嫁给奥利弗·维特科姆，他很清楚。他这人或许不太灵光，但还不至于愚钝到这个地步。你真认为他来是为了和奥斯蒙德爵士在一起吗？一个比他大40岁的人，而且在这个人大部分时间都跟所有家人在一起的时候？要是他的家人发现父亲对维特科姆无话不说，觉得他很讨人喜欢，他们肯定会比平时对维特科姆更冷淡。"

这个想法也许不无道理，但我并不认为其中有多少价值。我和肯尼斯稍稍讨论了案件的细节，因为即使他的想法不着边际，听听全新的观点也常能获益。我很期待他多少能知道圣诞节下午奥斯蒙德爵士走进书房等的那通电话里藏着什么玄机。因为电话根本没打来，几乎可以肯定这是凶手设下的圈套，好让奥斯蒙德爵士在约定的时间独自一人在书房。至于奥斯蒙德爵士是以何种方式、在什么时间被告知会有电话打来，我目前完全没有头绪。肯尼斯对此也毫不知情。他并没有比我预想的提供更多有用的信息。

　　我还有其他几条线索想跟进，就跟肯尼斯说，明早我会去法莱克斯米尔找人问话。我又问了他一个问题：他如果确定维特科姆是无辜的，那在书房发现他的手套又该做何解释？

　　"这没什么难的；如果凶手有心要把维特科姆牵扯进来，提前偷他一双手套并不难。在现在的情况下，用其他人的手套来干这种事会好得多。他故意掉了一只，把另一只放回去。维特科姆或许比较愚钝，但还不至于让手套就那么放在那儿；他要是能把一只拿回房间，那也能把另一只拿回去。"

　　"宾汉姆说在纸堆里找到手套纯属偶然。"

　　"这体现了藏它的人有多聪明。这个人布了局，好让任何捡起废纸的人都一定能看到手套，却又不会认为手套是被事先藏好的。"

　　当一个人的想法被其他人单独得出的结论证实，这些想法就更加强烈。基于这个原因，如果没有别人，我很乐意跟肯尼斯合作。如果他像我猜想的那样还会跟法莱克斯米尔的一家人再待一天，或许可以弄清他们个人的担忧、怀疑和动机。我认为自己挺了解他们的，但一些人的行为很莫名其妙。我不愿问肯尼斯如何解释迪迪神经紧张而恐惧的状态，但还是期盼他很快能自己给出答案。

第十三章

噩 梦

哈尔斯托克上校 书

那天晚上，我又和卢思顿通了电话。我想到第二天报纸出版后，他会被记者围堵，而我不想让记者认为维特科姆被逮捕了，因为我越想越觉得给他定罪连案件一半的问题都不能解释，可能还会引发新的难题。

我把奥斯蒙德爵士给修改版遗嘱做的笔记跟卢思顿说了，还告诉他说最后一个名字并不是维特科姆。至于手套的线索，如果卢思顿只看表面现象，那就必须承认彻底搜查手套的警察办事特别不利索，特别是搜查藏书室附近房间的。难道手套不是更有可能被事后放在那里的吗？我想强调的第三点是，整体看来，事实表明凶手事先精心策划过。如果是维特科姆策划的，他拿着彩炮两次进入大厅，在作案时把那么多人的注意力吸引到自己身上，这个做法能行得通吗？他本来可以很简单地在出去之前把彩炮（如

果必须用来盖过枪声的话）分给大家，再神不知鬼不觉地
通过餐厅和藏书室返回书房。假设这些都是他真实的所作
所为（我表示怀疑），那么他的行动更像是被人愚弄了。

这些话卢思顿都听到了，但电话线路还是很糟糕，我
基本听不清他说的关于指纹的事，好在这件事现在已经解
决了。我让他明早带几个信得过的人来法莱克斯米尔，把
房子彻底搜查一遍。另外，我觉得还不能让家里的人自由
活动，必须由两位老到的警官晚上在房子值班。

那天晚上，我重新整理了这个谜团的碎片，试图拼出
一幅完整的图像。我相信大卫·埃文施特爵士应该在里面
占有一席之地，对于他只是作为局外人偶然进入房间发现
尸体这个想法我并不满意。按理说，打开的窗户跟这个案
发时分出去透气的人之间肯定有什么联系。还有迪迪警觉
的状态，要是她在书房发现了什么丈夫曾经去过的证据，
那就自然能说得通了。

我又想到了餐厅和藏书室之间那道被封住的门，门平
时是锁着的，但在圣诞节被打开了，好让仆人从那里进入
藏书室看圣诞树。只有事先熟悉圣诞树计划的人才知道那
扇门会被打开作为此用。如果不知道有这扇门，那书房窗
户似乎是唯一一个能进出藏书室而不被大厅的人发现的途
径。可我们已经消除了有人能不被奥斯蒙德爵士发现或不
经过他允许就爬进窗户的可能。不论从什么角度看这个问

题，我都无法想象奥斯蒙德爵士会泰然自若地允许不知道从哪里冒出来的大卫爵士爬进书房窗户。

　　我把大卫爵士这块奇形怪状的拼图放在一边，开始思考卡罗尔这块。卡罗尔和维特科姆都没有提到在过道碰到了对方，直到维特科姆被施加压力给出不在场证明，还有在那种情境下卡罗尔的迟疑，直到维特科姆说情况很危急她才说了出来，这个事很古怪。我不禁想到她也有意在过道里靠近枪械室的地方等着见他——真是个可怕的想法！她能从修改后的遗嘱中获得巨大的收益，那笔钱对她来说比奥斯蒙德爵士任何一个子女都重要。它意味着继续她一心向往的事业，不仅如此，有了这份独立的经济支持，她无疑能够在这份事业上巩固自己的地位。我认为金钱本身对卡罗尔来说并没有多大意义，可金钱此刻能为她买到的东西意义重大。

　　这些信息引出的结论令我震惊，卡罗尔很小的时候我就认识她了。维特科姆说不定已经从奥斯蒙德爵士那里拿到了遗嘱修改版的笔迹，认定新遗嘱已经执行；他或许已经把这个事告诉了卡罗尔，她按照约定，在他离开大厅后见面，然后当他拿着彩炮声东击西时，她偷偷穿过餐厅和藏书室来到书房开了枪。可手套又该怎么解释呢？若要审慎而不带感情地评价卡罗尔，我能在她身上看到一丝冷酷，和一份坚持不懈定要达到自身目的的决心。她或许有

能耐开枪，可她是不是能想出一个把嫌疑指向维特科姆的
计划——以她的聪明才智应该能想出来。她又会不会卑鄙
到为了加重维特科姆的嫌疑，故意把他的一只手套丢在凶
手的行动路线上？

维特科姆为何在大摇大摆地进入大厅分发彩炮后，又
否认跟彩炮有任何关联？虽然不是很合理，但有一种可能
性可以解释这一点。他会不会没有意识到计划实行之后他
会显得多可疑？或许在拉响彩炮之后，他原本计划从后面
的门离开大厅的；或许他心血来潮进了藏书室，想确认卡
罗尔完成了她的那一步。我想起了他说的那句令人好奇的
话，"确认奥斯蒙德爵士已经死了"。他可能怀疑卡罗尔
是不是真有这个胆量，能如此残忍地对着祖父的脑袋开
枪。想到所有这些，他可能在被问讯的时候忽然意识到，
他拿着彩炮第二次进入大厅（特别是走错路从藏书室离开
的话）会让他特别可疑，于是决定否认去了第二次。我无
法想象他要怎么能让人相信自己，但是，对了——我想到
了。他在今早被卢思顿问话前跟卡罗尔聊过了，说服她在
必要时同意承认在过道里见过他，并说明他不可能在大厅
里分发彩炮，因为她在跟他聊天的时候听到彩炮的响声。

我把这个理论想了一遍又一遍。没有人证明在那个关
键时刻看到卡罗尔在大厅。实际上，对于那个下午她去了
什么地方，她的解释含糊得令人失望。不论是维特科姆从

大厅进入藏书室，还是当他忽然发现自己还收着奥斯蒙德爵士的纸条时，意识到一旦被捕这会是一个有力的证据，所以大费周章地想销毁，两个做法都一样愚蠢，而他现在开始意识到，其中暗藏着危机。

虽然很不情愿，我还是不得不承认还有一条信息指向了卡罗尔。肯尼斯不喜欢我问他为什么卡罗尔不在写"作业"的人之列。如果他和这家人的关系比我还要亲近，觉察到她内心的不安或者甚至发现了对她不利的证据，那么让她写下事情经过就毫无用处，或避免用这种方法让她犯错。如果他没有拿到针对她的确凿证据，就什么都不会跟我说，期盼进一步的证据说不定能把案子指到其他方向。

整个案子似乎明晰得让人害怕。这个设计精巧的计划在执行过程中加入了些许笨拙，给了警察办案的机会。

晚上我睡得很不好，梦到了卡罗尔；她拿着一把冒着青烟的手枪，又冲我开了一枪，然后转过身，跑过法莱克斯米尔的大厅，出了前门，穿过翡翠绿的草坡，镇定自若地在池水上方的跳水板底部站了一会儿——此刻她穿着一件亮蓝色的泳衣，就是我去年夏天见她穿的那件——她可怕地尖叫一声，跳进池塘，激起的涟漪打破了如镜面般光亮的水面，一圈圈荡漾开来，拍打着池边，漫过草坡，汹涌地冲刷过我站在石子路上的双脚。

奥斯蒙德爵士从书房窗户爬出，向我走了过来，头上还有个黑洞，递过来一个彩炮。

"快拉！快拉！"他像个疯子一样叫喊，"它会盖过枪声！会盖过枪声！会盖过！"

然后卡罗尔又出现了，在我德威布鲁克斯家中的花园里，戴着一副男士皮手套，指着从我的网球场拔地而起的一栋宏伟大厦，样子很像布里斯托大学，但砖墙是亮粉色的。

"那是我设计的！"她自豪地说。看着她的面容，已经变得可怖；虽然是卡罗尔的脸，神情却十分残忍、贪婪而恐怖。

第十四章

一对眉毛

哈尔斯托克上校　书

我在圣诞节后的星期五一早到了法莱克斯米尔，觉得自己老了，心里空洞而烦闷。

帕金斯开了门，看起来也老了，一脸忧愁。

"恕我冒昧，先生，我有事想私下跟您说，或许我该早点告诉您的，先生，但我没想到这个事会有什么影响，也不想得罪任何人，虽然出了这样的事很难判断自己应该怎么做，但答应的事当然就得做到。"

我忽然觉得帕金斯很可怜，他显然对这个家忠心耿耿，却由于某个原因只能让另一份责任取代他的忠诚。昨晚重新看过我对案件做的笔记之后，我发现有个问题得问帕金斯，现在我觉得他要自己告诉我答案了。

他跟着我进了藏书室，在那里做了进一步说明。

"卢思顿督察昨天问了我这个问题，先生，但不知为何我没有勇气告诉他。后来我觉得应该告诉您，先生，您是这家人的朋友，又那么善解人意，或许，虽然看起来不是什么重要的事，不过在那样的夜晚，任何人的进出，可能都有必要向对的人报告。"

"好吧，是什么事，帕金斯？"我不耐烦地问，为这个老人感到抱歉，但实在忍受不了他的拐弯抹角。"你是要告诉我你为什么在圣诞节那天晚上给温福德小姐捎口信吗？"

帕金斯看上去十分惊讶；他的嘴微微张开，让他看上去像一只可笑的青蛙。

"口信，先生？——为什么？对，先生；没错；我忘了带口信的事，当然现在我想起了，因为那条口信，说起来是关于那辆车的。那是亚什莫尔的车，先生。您还记得帮奥斯蒙德爵士开老戴姆勒的约翰·亚什莫尔吗？是这样，先生，圣诞节那天来这里的是亚什莫尔，开着那辆他在布里斯托开的出租车。他是在午饭之后来的，先生，带了一条给珍妮弗小姐和卡罗尔小姐的口信，想感谢她们送的一盒什么圣诞礼盒。他最近日子不太好过，收到那个礼盒肯定很开心，于是觉得应该立刻表达感谢。但她们认为，先生，还是不要对奥斯蒙德爵士提起他来过，我也照做了，不想招惹任何麻烦，而且奥斯蒙德爵士，您也知道的，先生，不喜欢被惹恼。"

所以那辆就是肯多开车到法莱克斯米尔时在大门口遇到的车。我现在能理解了，如果是珍妮弗和卡罗尔让帕金斯保守秘密，他是会犹豫要不要说出亚什莫尔的来访的。我问他亚什莫尔是啥时候到的。

"午饭后不久，先生。我在圣诞树亮灯仪式的时候通知了珍妮弗小姐，她在仪式结束后立刻跑去跟亚什莫尔说话了，还请他留下来喝茶。不过后来，先生，当出事的消息传到仆人休息室的时候，我们不知道是件命案，只认为是出了什么意外，然后亚什莫尔说他还是离开的好，还特地让我给珍妮弗小姐和卡罗尔小姐留了口信，说谢谢她们的好意。我就去把这个消息告诉她们，却没找到珍妮弗小姐。我去了她的房间——您可能知道在哪儿，先生；就是走道尽头那间，卡罗尔小姐在那儿，我就把口信告诉她了。我告诉她书房出事的时候她似乎完全不觉得有什么不对。"

我问他知不知道找到卡罗尔是几点。

"我不知道，先生，不过当时大厅里一个人也没有，先生；应该都去书房了。"

这么说，卡罗尔没有回大厅。她无法面对其他人，就躲在珍妮弗的房间，等待消息被传达，当大家乱作一团的时候她就能和一群人会合，那时她表现出的任何痛苦也会被认作是正常的。

　　我让帕金斯离开之后便坐下思考行动计划。且不说我的个人感情，案子本身就很难解开。几乎没有直接的证据指向卡罗尔，要找到从哪儿能发现更多线索也不容易。

　　不久之后，卢思顿来了，我迫不及待地要他说出对维特科姆做了什么，从他那里问出了什么事情。

　　卢思顿很不满，脾气暴躁。在星期四晚离开法莱克斯米尔前，他发现温福德夫人、波蒂珊小姐和其他见过圣诞老人拿着彩炮进入大厅的人都无法发誓他们看到的是维特科姆先生；他们只能肯定是一个穿着同样服装的人，帽子拉得很低，盖住了眼睛。他们自然没有仔细看他，因为当时认定那个人肯定就是维特科姆，但显然其中有些人在那之后意识到有可能是其他人，而且在和卢思顿说话时十分警惕。

　　维特科姆在警局争取了些时间思考，一开始就说想见律师。在公共假期找个律师不是件容易的事，没等卢思顿找来一个，维特科姆就说，"如果他们不指控我，只是想问问题的话"，他就不需要法律咨询。他说他是无辜的，很乐意把他知道的所有事情和盘托出，但必须给他时间把事情梳理一遍，回想一下细节。

　　首先，他说写着奥斯蒙德爵士笔记的纸片是在他读《闲谈者》的时候从书里掉出来的，以为是垃圾，就丢进了火里。之后他说他想收回这个说辞，说出真相。他缓缓地说了很长一段话。他说，奥斯蒙德爵士在星期二晚上跟他聊了一会儿，告诉他说他要立一份新遗嘱，在新遗嘱里他想给珍妮弗留一份丰厚的遗产，条件是她在他去世时还未婚。他说之所以这么做是因为他简单跟珍妮弗说过想让她留在家，如果她选择遵循他的意愿，那么他想让珍妮弗的付出值得。另外——他暗示说——他还希望珍妮弗未来的丈夫能意识到，等待她是值得的。奥斯蒙德爵士其实还是怀疑珍妮弗会投入年轻的切利顿的怀抱，如果她真这么做了，两人就会在他死后发现自己有多傻。他把这些都告诉了维特科姆，好让他给珍妮弗一些暗示，或许还有切利顿。维特科姆认为，为了留意并阻止珍妮弗和切利顿可能采取的私奔计划，奥斯蒙德爵士或许想把他列为自己的同盟。

维特科姆称，所有这些话，他一个字也没跟家里任何人说过。他并不认为自己能够影响珍妮弗的决定，不论如何，他也还没找到机会跟她讨论这件事。但当他和奥斯蒙德爵士在书房的对话快要结束时，奥斯蒙德爵士先离开了房间。维特科姆礼貌地站在一旁，看了看他们之前坐着的桌子，发现写着名字和数字的那张纸片被放在桌上。出于一时好奇，维特科姆把它放进了口袋。奥斯蒙德没有提过任何他的其他财产，维特科姆不禁好奇这些财产会被如何分配。他向卢思顿坦白说他拿了纸片"不是光明正大的事"，但认为他之后想把纸片放回书房的意图能弥补他行为的不诚实。

他在自己房间里研究了那张纸片，因获得了这家人四处搜寻都无法得到的信息而沾沾自喜。他把纸片夹在口袋书里，这样就能随时找准时机溜进没人的书房，把纸片放在奥斯蒙德爵士的吸墨纸下。在发生了圣诞节的事情之后，他就忘了这件事，直到被卢思顿问起。随后他说，他问自己警方有什么对他不利的信息，他想起奥斯蒙德爵士的笔记，觉得很不安，因为他没有理由拿着纸片，于是决定把它毁掉。

"我现在明白了，"他对卢思顿说，"没把纸片交给你是我不明智，说不定你知道那张纸不见了，在到处找它。不过现在已经不重要了，因为奥斯蒙德爵士没有立遗嘱。"

卢思顿觉得维特科姆的说法还是挺可信的。无论如何他都不大可能从尸体口袋里偷走笔记。至于手套，卢思顿同意它并不是一个很好的证据。维特科姆说他在圣诞节戴着手套去了教堂后就把它收在自己房间的抽屉里了；他说是放在抽屉前部，任何人都能轻易拿到。维特科姆为自己打了米尔警员道歉，借口说是当米尔朝他冲过来时他完全吓傻了，没看到他是个警察。

谈话至此，维特克姆已经把自己知道的通通告诉了我们，这时，时间已过午夜。

卢思顿提出送他回法莱克斯米尔，但维特科姆一点儿也不想回去，于是就自愿留在警局了。卢思顿对他的话还有一些疑问，一早过来看他的时候，发现他睡得正香，不过一会儿警车会送他回去。

维特科姆的一席话中最重要的一点，就是他说了奥斯蒙德爵士并没有执行新遗嘱。跟卢思顿说了遗嘱的实情后，我指出既然维特科姆知道内情，他就没有动机，不论是他自己还是跟卡罗尔，甚至与珍妮弗共谋杀害奥斯蒙德爵士。实际上，他要是想分得珍妮弗或卡罗尔继承的资产，就有十足的理由让奥斯蒙德爵士活下去。

卢思顿研究了我对原遗嘱的条款和修改版遗嘱做的笔记。

"我忽然想到，埃文施特夫人是最有可能想阻止新遗嘱订立的人，"他说，"维特科姆有可能把她父亲的打算告诉她吗？"

我觉得不可能，虽然我总觉得迪迪可能知道凶手是谁，或至少有怀疑的对象。

卢思顿和我说了指纹专家的报告。枪上布满了珍妮弗的指纹，枪口和枪尾都有，但扳机上没有。除此之外没有任何其他指纹。这和我预料的一样，想起乔治在电话里说的，以及她自己也承认碰过手枪。

"可她什么要把指纹按得到处都是？"卢思顿追问，

"她想掩护谁？我想咱们该更仔细地查查切利顿先生的行踪了。"

护窗板上查到了女仆贝蒂·维勒特的指纹，迪迪也在上面留下了指纹。

"是埃文施特夫人关了护窗板，这点我没有疑问，"卢思顿说，"还有，她不是想开窗就是关窗。她的指纹在窗框底部，像是想把它拉下来。上面的部分没有指纹，要是想推开窗的话自然会把手放在上面，所以我认为窗子是被戴着那副手套的凶手打开的。"

我问他有没有看到大卫爵士的踪影。

"完全没有。从他的梳子上找到不少指纹，不过哪里都比对不上。"

这么说，大卫爵士出于好奇从窗外爬进书房的怀疑被消除了。他如果只是随便出门到车道上透气，不太可能会戴手套，而在没有手套的情况下不留痕迹地爬上窗台是不可能的。

迪迪肯定在试图保护谁；是一个她认为爬过那扇窗户的人。

正当卢思顿和我面面相觑，一脸愁容地坐着思考这些问题时，有人敲了敲门，波蒂珊小姐和乔治的儿子吉特走进门。那孩子昂首挺胸地走了进来，一副很开心的样子，但还是有些紧张。一时间我想不出他看上去为什么那么可笑。对了，是那对眉毛！他的眉毛上贴了两绺浓密的白毛，看起来十分别扭，其中一条还带着讽刺的表情斜向他的太阳穴。

"我想着应该，"波蒂珊小姐胆怯地开口道，"把这个给您看看——"

"什么——我们正处理正事！"卢思顿气哼哼地说，因为被这套小孩子把戏打扰而大发雷霆。

"我找到了圣诞老人的'眉刷'！"吉特细声细气地说。

"他不肯说是在哪儿找到的，"波蒂珊小姐忧伤地继续说"不过眉毛没有在儿童室，他在房子里跑来跑去。但愿我把它给您看是对的？"

"装扮的其他部分在哪？"我问卢思顿，"你一定是在把它拿走的时候把眉毛弄掉了。"

卢思顿的脸涨得通红，看起来像要爆炸一样。他从椅子上跳起来，冲进书房给警局打了个电话。我听到他叫那个把圣诞老人的衣服（留作"证物A"）从法莱克斯米尔带走的大白痴来听电话，随后他大为光火地吼出了一串问题。

"东西在局里吗？把东西拿过来——不是！不是拿来这儿；拿到电话边来；然后让警司告诉我东西确实在那儿。你知道眉毛和胡子的区别吗？给我说一遍！现在把

原本从法莱克斯米尔的客厅带走的装扮物件列表给我读
一遍。你还见过其他眉毛吗？不是，不是长在其他人脸上
的，你这个大白痴；是能贴的，法莱克斯米尔这儿还有没
有其他像你那儿那种的。你敢肯定？嗯！"他啪地重重放
下听筒，回到藏书室。

听着这段激昂通话的同时，我问吉特从哪儿找到的眉
毛，但什么也问不出。他也对电话内容十分感兴趣，并没
有回答我的问题，而是伸着脖子，摇晃着从一只脚踮到另
一只脚，说道："你听到了吗？他在跟谁说话？噢！真想
听到他说了什么！"

卢思顿重重地跺着脚走了进来，盯着吉特说："好了，
乖乖告诉我你是在哪儿找到眉毛的！"

孩子的眉头皱了起来，结结巴巴地说："我不，不，
不说！我就，就不，不说！"接着开始哭喊起来。

波蒂珊小姐把他抱上膝盖，试着安抚他。他用力踢
她，喊得更大声了。我让她把吉特带回儿童室，看看保姆
能不能从他嘴里问出点什么。

"然后把那玩意儿从他脸上摘下来带给我们。"卢思顿
命令道，他们就离开了。

"那是第二套圣诞老人装扮的第一个部分，"我对卢思
顿说，"叫两个人把房子彻底搜查一遍，找到其他部分。
如果一个孩子都能找到，警察应该也能。"

"如果东西在这儿的话肯定能找到。"卢思顿气呼呼地说。

我觉得装扮肯定在这儿，可能就在楼下。服装很笨重，拿着它到处走动很难不被人看到。案发当天傍晚要接近正面的楼梯而不被人发现很困难；后面的楼梯靠近仆人休息室门口，要走到那里也一样很难。卢思顿离开去下搜索指令了。

波蒂珊小姐拿着眉毛回来了，解释说："吉特拿了点胶水，是孩子们往剪贴簿上贴图片用的。眉毛粘得不是很牢。吉特确实是个很难管教的孩子。我真的已经尽我所能问他了，可他还是一个字也不说。是这样，我当时吃完早饭上了楼，就看到他在大厅后部，开心得蹦来跳去。我不能*自以为是*地说他是在哪儿找到眉毛的。我真的已经采取了自己认为最合适的做法，可现在吉特在楼上喊得快疯了，闹出很大动静。"

藏书室的门被打开，帕特里莎冲了进来，还有梅尔布里夫人。

"不会吧，哈尔斯托克上校，不会吧，什么时候连孩子也要遭受四维空间——还是什么东西，他被吓得不轻，可怜的小家伙，真是太过分了！还有，波蒂珊小姐，我觉得你管得未免太宽了！你要是带孩子来找我，我能自己判断这件事应该如何处理。可你没有通知孩子母亲就擅自把他带来见陌生人，他们完全不知道如何跟孩子相处的，还让他的精神遭受了也许永远无法恢复的打击！"

可怜的波蒂珊小姐退缩了，嘴唇颤抖着，求救地看向了我。

我努力从中调解，试图让帕特里莎明白吉特找到的眉毛可能是一个非常重要的线索，的确需要立刻告诉我们。我自然无法向她解释说，一旦她先见到了孩子，我们可能就再也无法确认眉毛是不是他自己找到的，是什么时间、在哪儿找到的。她可能会把眉毛撕下来直接丢进最近的火堆里，我们就只剩波蒂珊小姐的证词能证明眉毛确实存在过。我还是催促帕特里莎，说我们无论如何必须知道孩子是在哪儿找到那对眉毛的。我掩饰了自己的看法——吉特是个被宠坏的淘气包，乱吼乱叫的捣蛋鬼——慈爱地表达了对他精神状态的关心。波蒂珊小姐在这段剑拔弩张的对话中让自己脱了身。

还没摆脱帕特里莎，戈登·斯蒂克兰又悠然走了进来。他那光滑的粉色面庞一如往常，像被打磨过一样。他脸上挂着笑容，神采奕奕。

"上校，听说你想知道吉特是从哪儿发现那对'眉刷'的，对吧？他是在楼梯下的橱柜里找到的，淘气的小家伙！他到那里去并没有什么原因，只是在杂物里乱翻，所以不敢说；不过我从他那儿问出来了。"

"噢，戈登！"帕特里莎带着责备的口吻说，"吉特已经被吓坏了；我希望你没有再刺激他。他已经很紧张了，你知道的，我总是说没有什么比保护孩子的精神状态更重要；绝对没有！"

"好啦，帕特里莎，别那么激动；他状态很好，你可以自己去看。我刚跟他说了一个藏东西的新游戏，玩的时候他自然就把'眉刷'的事情都告诉我了。快来吧！可以吗，上校？"

我向他表示了感谢，也暗自谢谢他带走了梅尔布里夫人。他们去儿童室之后，我去找卢思顿一起搜查了楼梯下的橱柜。楼梯底下面积很大，黑乎乎的，位置在主楼梯段下，开口朝向大厅后门的过道。里面存放着各种各样的零碎物品：旧车垫、高尔夫球棒、篮筐、牛皮纸、曲棍球棒、一套槌球用具。因为橱柜没有灯，卢思顿叫来了一个手下，打着手电系统地搜查了这个地方。可我们没发现任何圣诞老人装扮的其他部分。我们找到了吉特自己的一把小手电，他可能选了大橱柜来作为它的用武之地。

卢思顿遣走了警员继续搜查房子的其他地方，随后我们又回到藏书室讨论这个问题。如果有人想穿上并脱下圣诞老人的装扮而不被人发现，又想尽可能地离大厅近，那个橱柜明显是个理想的更衣室，而且离枪械室也很近。我怪自己一开始没有搜查橱柜，可当时我们并不认为有任何要找的东西。

"他已经把东西从房子里带出去了，肯定的，"卢思顿发着牢骚，"我的意思是，假如真有第二套装扮的话。我们最好确认那对眉毛不是什么演出道具的一部分，之前就被放在房子里。"

我们问了珍妮弗和波蒂珊，甚至问了乔治，认为他可能结婚前就知道家里有这么一个表演道具箱。他们都很确定地表示没有这种东西，我们没有在橱柜里发现其他东西，也不知道找谁能问清这个问题。乔治直截了当地说这不在他的表演范围之内。珍妮弗说除了菲利普·切利顿——他确实是个好演员——在去年圣诞节来拜访时组织的几次即兴表演，他们从没玩过表演。他们没有用特殊的道具。波蒂珊小姐证实了这个说法。她还记得去年的戏剧表演，很确定没有人事先买好了任何道具。"我就是因为很肯定眉毛之前不在家里，才立刻带给您看的，哈尔斯托克上校。"她责备地向我确认道。

"他是怎么把东西带走的？"卢思顿思索着。房子已经被彻底搜查过了，毫无收获。"我的人一直都在这儿监视着进出的每个人。啊！那扇开着的窗！我一直觉得，打开那扇又重又吵的窗户只是为了把根本不需要扔的钥匙扔出去，是没多大意义的，可要是他要把衣服交给一个在那里等候的共犯——大卫爵士——让他把衣服扔掉呢？他会把衣服扔在哪儿？"

"那眉毛呢？他们要怎么回原先穿衣服的橱柜呢？"

"也许他没时间贴眉毛，或者忘了胶水。不然——对！他匆忙换下装扮，直到大卫爵士走远才想起眉毛还贴着。接着他撕下眉毛，来到橱柜，把眉毛放在了那里，之后回到大厅。可惜他没把所有装扮都忘在那儿！好了，我们假设这个人是大卫爵士；他没有多少时间，在警报发出之前，他回到了大厅，或是房子的任何一个位置。"

"池塘！"我喊道。我猜它之所以在我的脑海里是因为我梦到了它。"跑下草地，把东西捆成一包再沉到水底也就几分钟的事。不过会漂起来吗？在包袱里绑块石头——池塘旁边就是一个石头花园——就成了。包袱一定在池边，我们能找到。"

卢思顿总算赞同我的主意。我们两人都不愿意把大卫爵士当成帮凶，但如果有其他人在书房窗户附近游荡又没被大卫爵士看到，的确会很奇怪。

"让他当帮凶的一定也是个疯子！"卢思顿说着，下令从园丁的储物棚拿来耙子、锄头，还有竹竿——好绑在工具的柄上把它们变长。接着，他叫他的人围在池塘边开始拖网打捞。

第十五章

迪迪的解释

哈尔斯托克上校　书

周五早上的审讯只是一次很短的正式流程，乔治在审讯中给出了身份证明。家里其他人没有在审讯现场，我们向他们保证，不会再询问更多细节。其他事项被延到下周进行，卢思顿可以回去看看拖网打捞进行得如何。

我给埃文施特夫人送了条口信，让她来藏书室找我聊一聊。前天跟他们一家人一起吃了那顿很不舒服的午饭之后，我就没再见过她。她当时坐在桌子的另一端，在她丈夫和肯尼斯·司道尔中间，十分安静而专注，但在我看来还是有点紧张。

当她到藏书室时，我想起妻子昨天说的话。我内心想着，迪迪不可能超过32岁，但别人可能会认为她已经40了，还不是保养得很好的40岁。她总是不如艾琳娜那么可人，艾琳娜有着精致的面容，始终是仪态端庄的样子。

可是在几个女孩子结婚之前，我一直觉得迪迪更有魅力，因为她既活泼又聪慧。如今，就像妻子说的，她满脸沧桑，表情里有一种淡漠，紧绷着嘴唇，妆容也不细致，看上去很粗俗，所以才会被人说成是中年怨妇。

我很小心地让她再跟我说一遍，圣诞节那天下午听到杀人的消息后，她究竟做了什么。为了安抚她，我说我发现当天晚上问话的时候大家都非常伤心，现在应该能够给出更清晰的描述。

她坐在我对面的椅子上，明媚的阳光透过窗户照在她的脸上。她的双手在大腿上握紧，在开始说话前，她把手攥得更紧了，还深深吸了一口气，像是准备接受一场试炼。她的目光越过我，看向了窗外。

"我和其他几个人坐在客厅。我应该是时刻准备着，因为我们在等着被叫到大厅看圣诞老人装扮的最后一个活动，就像我父亲安排的那样。奥利弗·维特科姆走了进来，穿着圣诞老人的衣服，他四处看了看就径直走向乔治，他当时正在调无线收音机的旋钮。我看出有一点不对劲——不，别问我是怎么看出来的；其实这并不是靠看的，有的时候就是能感受到气氛不大对劲。奥利弗很小声地跟乔治说话，我起身走了过去。我坐得离他们很近。其他人好像并没有注意到有什么不正常的地方。我觉得可能是因为跟大卫生活久了，就变得对人的感受特别敏感。你知道，因为大卫——嗯，患了炮弹休克症，很容易受惊吓。必须时刻警惕他生气。"

她说话的时候好像我并不在场一样，似乎是在自己回忆一个场景。接着，她顿了顿，看向了我。

"我是把自己当成朋友告诉你这些，哈尔斯托克上校。我知道不应该，你是以警察局长的身份在问我话，可这样我能更容易地把事情解释清楚，你要是不介意的话。我之前真是犯傻，因为我——嗯——被吓坏了，所以说话很小心。我并没有告诉你任何不实的信息，但我没有把该说的解释清楚。我会努力弥补的。昨天取完指纹后，我意识到我应该把事情解释清楚，即使你没有要求，我也愿意这么做。"

"接着说，迪迪。用你自己的方式告诉我吧，"我鼓励她说，"或许你们都认为我是个做事不圆通的粗人，但我在尽自己所能帮助你们，我也为你们感到最深切的遗憾。"

"好的，"迪迪梦游似的说，"太可怕了。"然后，她忽然问我："这里没有藏着警察做速记笔记吧？"

我向她保证这只是私人的谈话，不过如果她告诉我的事情对案件很重要，到时候我可能会让她做一份笔录。她点点头，再次看向窗外，接着说了下去。

"刚才说到我在客厅走向乔治和奥利弗，想知道出了什么事。我想告诉你当时我第一个到书房时的情况，你可能已经知道了。我很快意识到书房里发生的事情很严重，我没有等到他们说细节。乔治开始说该怎么办。我就悄悄地从客厅离开，穿过大厅进了藏书室。"

"你没有从大厅直接通向书房的门进去吗？"我问道。

迪迪看向我，带着一丝惊讶的表情。

"没有。我也说不清为什么，只是我们通常都从藏书室走到书房。我发现书房的门锁了，但钥匙插在上面，就开门走了进去。我看到父亲——你知道他的样子。我走到他的桌边看究竟是怎么回事。桌上有一把枪，他的身后是一扇开着的窗。我想着一定是……有人……从窗户进来朝他开了枪。我不知道怎么办；我觉得应该要做点什么，可脑子根本转不起来。我只想到窗户，就拉了一下，可是窗子不好拉，我想着只有几分钟时间，就把护窗板关了，上了锁。然后就在我回头的时候，门开了，希尔达走了进来，还有其他人。当然我现在在明白我的做法蠢得无可救药；如果事情真如我想的那样，我一点忙也没帮上，一点都没有。可我当时无法认真思考。"

她停了下来，我觉得她只是在找合适的字眼来继续后面的解释。很快她又说了下去，话音微弱而紧张。

"哈尔斯托克上校，我想你应该知道我的想法，以及我为什么这么绝望。我星期一在托勒德家见了肯尼斯。肯尼斯之所以没告诉你是因为他猜我应该没有提到这件事，而他也不想让你觉得我遮遮掩掩。除了大卫，没人知道我在那儿。我们说要去曼顿的菲兹潘家，大卫确实去了，但他把我放在了托勒德家。我必须见肯尼斯。他在美国待了一年，刚刚回国。我不想让家里人知道，让大家说闲话，所有人都会来告诉我，我应该做什么。我宁愿他们不知情。"

我看不出她去托勒德家对案件有什么影响，但还是提醒她不能隐瞒任何有关的事实。

"是的，我知道，"迪迪无精打采地说，"我决定了要做这个事，就会把它完成的。你在思考大卫为什么会参与进来。要解释起来并不简单，因为大卫的性格太矛盾了，虽然他没有意识到自己是很难相处的丈夫，但他很喜欢我，想要我留在身边。不过我们还是在一起，理解对方。他知道我喜欢肯尼斯，不论如何都要去见他，所以他知道不用小题大做。我无法忍受躲躲藏藏、惺惺作态，我不愿意自己那么做。

"我星期一跟肯尼斯聊了聊，他让我——已经不是第一次了——让我跟他走，离开大卫。我说我做不到——不是因为什么传统美德，只是因为我是个胆小鬼。我太害怕贫穷了——我说的贫穷是指无法享受各种便利，不能请人把所有麻烦事安排妥当，以及踏上旅途逃避自己。我知道这很卑鄙，可有了这些，生活才得以忍受。我想你无法相信我那么喜欢肯尼斯。他现在有钱了，我知道，可演戏太不稳定了，即使是成功的演员也时常穷困潦倒。

　　"在我看来有两种可能。要不我们留在伦敦，我继续见大卫的朋友，见艾琳娜和她的朋友，他们都会认为我是个无赖，就算我鄙视他们的想法也无法和他们作对；要不我们就出国——肯尼斯是这么建议的——然后他的事业衰败，我们会一贫如洗。你看，要是我跟肯尼斯走了，就会被父亲从遗嘱中剔除。这是肯定的，我无法面对失去我本来有权利拥有的部分，这对我来说太重要了。舒适和安全感——这两点特别重要。我不能冒险。我把这话告诉肯尼斯的时候，他愤恨地说，父亲死后，我们可能都老得不关心那些了，我就会跟他在一起了。

　　"我看到开着的窗，就想到这个。我现在知道这个想法很愚蠢，可我当时无法思考。我很确定肯尼斯开枪杀了我父亲，那样一来我也成了凶手，因为是我让肯尼斯认为杀了他是得到我的唯一方式。我关了护窗板——因为我关不上窗——这样你们就不会认为有人从外面爬进来了。第二天见到肯尼斯的时候，我以为他赶过来是想看我有没有改变心意，而我没有。某种程度上说，这是最糟糕的部分了。我整晚都睡不着，思考我的处境。父亲死了，我可能会很有钱。跟肯尼斯走是安全的。对，我是个胆小鬼，一点风险都不敢承担，我必须保证自己的安全。但我知道我还是不会走的。我会担心别人的眼光；每个人都看不起你是很可怕的感觉，但我可以离开他们。我留下来是因为——因为大卫。"她的声音哽咽了，眼睛里闪着泪光，一滴眼泪从她的一边脸颊流了下来。"他太需要我了。如果他是个粗人，我会离开他。对了，遗传精神病的说法都是瞎编的。他只是有些神经质，患了炮弹休克症。可这不是他的错。离开他太残忍了，只有我能帮他。噢，你能理解吗？"

她低下头，用一只手扶着额头，在擦眼泪的时候遮着她的脸。

我想我是能够理解的。虽然她如此消极地说自己的懦弱和世故是拒绝跟司道尔逃跑的原因，但她其实做了一个非常值得敬佩的决定——支持她的丈夫，给他力所能及的帮助。

我试着安抚她，说她已经解释了很多了，但我还有几个问题想问。首先，她为何确信肯尼斯不是凶手？她有什么线索吗？

"没有，"她说，"我们什么都不知道。我还期望你能把事情调查清楚——我说的是实话；但我们都很害怕要使用的方法。并不是说我们有确定的嫌疑，只是整个事都乱成了一团。肯尼斯解释说不可能是他；我能看出他说的是实话，应该有十几个人看到他一个下午都在托勒德家的聚会上。这你肯定已经知道了。"

我问她是不是从没怀疑过大卫爵士。她惊讶地看着我。

"大卫！怎么会是他？*你*不会也觉得是大卫吧？他一点动机也没有！再说，他要是真做了这么可怕的事，不可能自己放在心里。我应该能察觉到哪里不对劲。"

我问她能否记得那天下午她丈夫的行踪。

"大卫一开始肯定是在藏书室，然后他出去了，大概十分钟后回来的。他之后跟我说他从前门出去透气了。我知道他之前也这么做过，可能是想逃避彩炮的噪声；他受不了爆炸声。我跟父亲说过不要拉彩炮，也是这个原因，他也答应不会有彩炮。但我想着他可能像往常一样，决定不理会我的挑三拣四。"

"你还记得维特科姆进来的时候藏书室里都有谁吗？"我问道。

"噢，记得，因为我离开前看了一圈，想看看他们会做何反应，会引起多大的骚动。我应该在圣诞节那天告诉过你，但我不记得了。这是真的——当时是；除了思考肯尼斯做的事和如何能保护他，我无法思考其他任何事。但现在我能确定，戈登在那儿，还有莎士比亚和《泰晤士报》的填字游戏。"

"莎士比亚？"我问，以为是之前没人提到过的客人。

"对，莎士比亚的著作，"迪迪解释说，微微笑了一下，"有个特别的填字游戏，线索都在他的戏剧里。乔治在，你知道的。大卫也在，他已经回来了。他回来之后很平静，这表示他出去的那段时间没有做过任何可怕的事，甚至不知道发生了什么。应该就没有别人了。彩炮开始响的时候，帕特里莎和艾琳娜去了大厅，米尔德里姑妈也去拿毛线针织了。"

"梅尔布里小姐没有回来吗？"我问。

"没有，我能肯定她没有回来。"

"那菲利普·切利顿呢？"我问。

"没有，他从没有进去过，珍妮弗也是。"

我问她记不记得谁在大厅，她摇了摇头："我径直走了过去，孩子们和其他几个人在，可我没注意。其他的我就不知道了。"

我又问了她一个问题：她有没有听说奥斯蒙德爵士已经立了或者打算立一份新遗嘱？她认为父亲有没有跟任何人说过要如何分割他的遗产？

"我确定他没有跟我们中的任何人说过。我们都怀疑波蒂珊小姐了解内情，但我们又不能问她。许多人都在讨论；其他人一直担心父亲会把什么留给他们。噢，对！我也是；我跟其他人一样坏；可能还更糟。我们大家都不知道，现在也还不知道。"

我认为她说的是真的。在出去之前，她转身对我说：

"我很高兴能把这些话说出来。你们夫妻俩一直对我很好。你能知道这些我很开心。这段日子我过得很不开心，但能知道自己的立场可以说是一种解脱。我一直以为父亲的死能带来改变，现在我才知道其实没有，我知道自己必须保持现在的状态并坚持下去。我已经决定了。"

可怜的迪迪！多么悲哀的愿景，要跟那个阴郁的、精神不稳定的丈夫拴在一起。不过如果她能把丈夫照顾好，或许会比跟肯尼斯·司道尔私奔要强。

我正想把这个想法跟迪迪说的时候，一声胆怯的敲门声传来。"进来！"我叫道。波蒂珊小姐便走了进来，随后立刻抱歉地退了出去。迪迪赶忙追了出去，让她进来。她拿着一叠装订好的打印纸。

"我想着应该把这个拿来给您，哈尔斯托克上校？"她说。我一时忘了肯尼斯说的作业，有些惊讶。

"我写的陈述，关于——关于那天的。"她解释说，"应该是您要求的。我照您说的尽量回忆，像什么都没有发生一样写了下来。我写的大部分内容恐怕都是些细枝末节，可是太难判断了。我把看到的和注意到的都尽量写下来了。"

拿着这叠整齐的打印纸，我忍不住坐下翻阅，看里面有没有什么重要的事实。我跳过开头的一大段赘述，略过了圣诞节早上一些看起来不重要的事件，直到"*奥斯蒙德爵士告诉我他要去书房了*"这句话吸引了我的注意。我继续往下读，看到了让人震惊的证据：那封匿名信。也许是因为我忽然发出了惊讶的呼喊，我听到波蒂珊小姐轻轻发出一声被吓到的叫声，才发现她还站在那儿，显然是不确定该不该离开。

"我看到了这封打印的信，上面没有署名，奥斯蒙德爵士是在——什么时候来着——圣诞节早晨收到的，"我解释说，"可能很重要。之前怎么没有听说过？"

"确实，我不知道它很重要。一切都太——太——反常了。哈尔斯托克上校，我发现很难判断究竟该做什么。一般情况下，我不会对任何人说起那封信，因为显然那是奥斯蒙德爵士的私人事务。也没有人问过我，在开始写这封陈述之前我都没有想到它。但愿我现在提到它是对的？我不希望自己因为泄露了秘密而内疚。"

我不知道这个女孩还把什么事情锁进了秘密的保险箱，不过显然她把所有能想到的事都写在陈述里了。那张打印的便条看来是波蒂珊小姐在大厅桌子上看到的，信件和报纸一般都放在那里，就把它拿给了奥斯蒙德爵士。她觉得信是专人送来的，因为没有印章或邮戳，可她不知道是谁送来的。便条被放在一个普通信封里；其实很像放在书房的那种，她一般用来给奥斯蒙德爵士写商务信件。奥斯蒙德爵士看过信后仔细看了信封，随后把信封撕了，扔进了废纸篓。那封信被他折好放进了胸前的口袋。波蒂珊小姐注意到，信印在一张很小的白纸上，也很像书房里她的打字桌上的文具架里的那些，但她不能确定是不是完全一样。奥斯蒙德爵士看完信没有说话，"只是'嗯'了一声"。

"你觉得会是用你的打字机写的吗？"我问。

"噢，哈尔斯托克上校，我从没想过这个问题！我自然认为信是由想约时间的人送来的；想在一个特定的时间给奥斯蒙德爵士打电话。"

"他没说任何有关打电话的事吗？"

"噢，没有。我只是认为肯定是电话；这是最有可能的。而且确实没有客人来访。"

"据我们所知，也没有任何电话打进来。"我说。

波蒂珊小姐最后一次使用打字机是在圣诞节前一天早晨（星期二）。她很肯定从那之后就没再看过打字机，直到节礼日把它从书房拿走。星期二下午书房没有人，奥斯蒙德爵士带吉特和伊妮德去散步了，波蒂珊小姐自己则忙着为圣诞节安排家事。除了珍妮弗，她不知道家里有没有人会打字，珍妮弗请波蒂珊小姐教过她一次，有偶尔练习。"她打字速度肯定不快，"波蒂珊小姐得意地说，"但她知道怎么操作机器，怎么把盖子打开和盖上。她绝不会

像我们看到的那样，没有把盖子好好扣上。"切利顿先生
会打字，在之前来访的时候借过打字机打他自己的东西。
波蒂珊小姐能确定，他也知道怎么把盖子盖上。她不知道
其他人是否有用过打字机。

我忽然想到，我们应该在门外汉中找写了那封匿名信
却没放好盖子的人，而不是在有经验的打字员里找。谁都
会开机器，在按键上敲字母。我让波蒂珊小姐离开之后把
最新的线索告诉卢思顿。我提醒她不要再动打字机，不过
我担心现在想找那位未知打字员留下的指纹已经太迟了。

想起乔治很肯定地说过在等的那通电话，我打断了正
在悲伤地看父亲材料的他，问他到底知道哪些关于电话的
事。他沉闷地说他什么都不知道。他听人说过，可能是波
蒂珊小姐，说奥斯蒙德爵士在等一通电话，想着应该就是
这个事，凭借他本身有限的想象力，他又猜测父亲是自己
约了这个电话。我无法让他意识到他其实在通过提供"信
息"误导我们。他坚持说消息来源很可靠，所以他非常
"了解"是怎么回事——结果他了解的信息是错的。

"我们都会犯错，"乔治说，"不过这一次，责任要归
咎于从不犯错的波蒂珊小姐。指责我没有用。铁定能赢的
赛马要是绊了一跤，你们也会怪我押错了注。这不是我
的错。"

我只好作罢。

第十六章

"作业"

哈尔斯托克上校　书

　　时间已过正午，太阳的一束微光照亮了冬日的花园；法莱克斯米尔的大部分人都到池塘边看打捞的进展。珍妮弗和梅尔布里小姐不知道去哪儿了，艾琳娜倒是裹着皮草悠然自得地坐在长椅上，大卫爵士弯着身子靠着椅背，阴郁地看着打捞过程，在我经过的时候猜测说警察们"是在盼望能把消失的凶手钓出来吧"！帕特里莎也穿着毛皮大衣，在池塘边忙乱地应付孩子们，戈登·斯蒂克兰则在搞怪，在跳水板末端蹦跳着逗乐孩子们，孩子们也开心地跳来跳去。卡罗尔沿小路跑了下来，金色的头发随风甩动，吉特在后面追着她跑。吉特用他的尖嗓子告诉我说他们在捞圣诞老人的胡子。卡罗尔开心地跟我打了招呼。虽然我知道她没什么钱来打扮自己，但她总是看上去漂漂亮亮的。她喜欢定做的款式，妻子告诉我说这种衣服通常都不便宜，可她的身段苗条有致、轻盈柔韧，衣服仿佛是照着她的模子裁的。

我让卢思顿从打捞的监管工作中抽出身来，跟他一起走到离池塘较远的那一边。他跟我说他们已经捞了一小时，打上来各种各样的物件，有热水瓶、胶卷等，但没有找到任何跟圣诞老人有哪怕一丁点关联的东西。

我让他叫个人去拿波蒂珊小姐的打字机，彻底检查上面的指纹，虽然现在除了她自己的指纹之外几乎不可能找到其他人的了。我告诉他说，我已经引她说出那封打印信件的消息，但我没说她的手写稿，我不打算告诉别人，因为这个方法不太正规。调查书房的指纹专家看来漏了检查打字机，只专注于奥斯蒙德爵士的桌子、窗户和房间角落的物品。

"我觉得有猫腻，"卢思顿说，"她拿了打字机，假装有事情要做，借口向你展示盖子要怎么盖，把指纹按得到处都是，当一切准备妥当，才又想起把信的事情告诉你。"

"可是东西没被发现之前，她完全可以不告诉我，"我答道，"顺便提一句，那封信可能就是凶手在奥斯蒙德爵士的口袋里翻找的东西，我们现在已经不可能看到信了。"

卢思顿说他会自己去调查信有没有可能是被投递到家里的，不过我们没有在这个方向上抱有太多希望。

"我知道了！"他喊道，"有人可能写信说他有很重要的事情要说，想秘密地告诉他，就让奥斯蒙德去书房，打开窗户，他进来的时候就不会被发现了！"

我觉得这个想法太夸张了。为什么那个人不约奥斯蒙德在屋外见面，要让自己冒险进入屋内呢？再说，如果凶手已经在屋内——从枪械室拿的手枪可以表明——他为什么要选择让人生疑又危险的方式，从屋子里出去，又从窗户进来呢？确实，大卫爵士曾经从房子出去而没被发现，但他无法保证。又会有谁可以肯定奥斯蒙德会同意这么愚蠢的计划，把窗子打开呢？

我留下卢思顿，从池塘走开了，沿着书房窗户底下的小路来到后面的庭院，庭院周围都是车库和各个外屋。我想调查一下其他可能的藏匿地点，因为看来池塘并没有什么发现。

宾汉姆正在庭院里洗新光车。他在水箱上忙活着，抬起头问："有找到什么吗，先生？"

发现眉毛的事已经众人皆知，那些很快猜测出我们在找第二套圣诞老人服装的人也没有闲着，到处散布着消息。

"照我看来，先生——我是个门外汉——东西已经不在这里了，"宾汉姆说道，"你们找不到的，先生；当然我很希望你们能找到。"

我在想他是不是知道些什么，为了打探他的消息，我说任何人要把东西从法莱克斯米尔带走都不太可能。

"推销的人有货车，先生——"他试探地说。

"如果推销的人看到车里有一套除了一对眉毛就完整的圣诞老人服装，我想他不会不出声的。"我说。

"好吧，这倒也是！"宾汉姆忧伤地赞同道。他挠了挠头，思索着。"亚什莫尔圣诞节的时候有开车来。他是个挺好的人，先生，老亚什莫尔；他能为这个家做任何事，很遗憾像他这么好的人不怎么走运，有点跟不上时代了。虽然我顶替了他的工作，但我对他没有恶意。不过要是有人让他带一包东西出去，不告诉别人；先生，他会拒绝吗——假设他不知道有任何不对的地方？他可能会把它丢到河里，或者扔下那座吊桥。我不是想扰乱你们的工作，先生，"他急切地加了一句，"我可能说了太多了，我只是偶然想到。我没有真的认为里面有什么问题，只是大家都在想东西去哪儿了，我就想到这个了。"

"告诉我没关系，不过我确实也觉得这个想法没多大可能。你最好不要再跟其他人提起。这可能是一种诽谤，你知道吧。"我不希望他针对可怜的老亚什莫尔到处播撒无实据的嫌疑，"你应该没有看到任何可疑的情况吧？没看到他那天下午跟外人说话吧？"

"没有看到，先生！亚什莫尔跟我们大家在仆人休息室，我们听说出事的时候，亚什莫尔说他还是离开的好，所以他就走了。对了，先生，我不会说任何关于他的坏话，一个字都不会说。他是不是掺了一脚，您可能更清楚。"

我回到屋里的时候，帕金斯在敲午餐开饭的锣，这项重要的仪式一结束，他就过来跟我说：

"梅尔布里小姐的陈述，先生，这个，先生，是您期待的。如果想跟她谈谈，她现在一个人在客厅。我打算您一进来就告诉您，先生。现在，请原谅，先生——"他那双水灵灵的眼睛焦急地向我寻找答案，"——池塘那边没有消息吗？也就是说，先生，您没有什么能告诉我们的吗？"

我告诉他说目前还没有消息，然后我灵光一闪，问了他一个问题。听到自己这么问我也很惊讶，但我想了很多关于卡罗尔的事，以及她在圣诞节下午的行踪，我发现案件中的一块碎片有证据了。

"帕金斯，你之前跟我说，圣诞节那天下午当你送亚什莫尔的口信时，是谁跟卡罗尔小姐在珍妮弗小姐的房间里？"

帕金斯显得有点诧异。"怎么了，我觉得，是切利顿，先生；不过我说的可能是错的，先生，因为他坐在扶手椅里背对着我，我只看到他的头顶，也没有特别的理由要去细看他，先生。我要是说错了，先生，我不希望带来任何

不便，因为辨认一位绅士太难了，先生，我发誓，因为我
只看到了他的头顶。"

"是没错，帕金斯，别担心。"

帕金斯难过地离开了。

除了梅尔布里小姐的陈述，帕金斯还带给我一个扁平
的牛皮纸包。我在客厅找到了梅尔布里小姐，很欣慰召集
大家用午餐的锣声能缩短我们的谈话时间。

"看来你还没有时间看我的小礼物，"梅尔布里小姐先
开了口，"希望它能为你的调查指条明路，让它更有成效。
当然，我并不是*受过专业训练*的观察者，但我自诩不会对
周围发生的事情熟视无睹。我耗费心思把我无声的观察写
在了那几页纸张上，你可以自己得出结论。我写的内容自
然是保密的，不过你会看到，我写得很坦白；可以说，除
了坚信我的叙述可能对你有少许帮助之外，没有其他任何
理由能让我如此坦白了。我没有做任何推断；这不是我
该做的事情。可我们也会有自己的想法，人们可能会被误
解；我不知道那些我熟知的人存着什么动机和意图，可我
总是觉得我*可能会被人误解*。当这件可怕的事有了结局之
后，我也不会要什么功劳，我更希望藏在幕后；我这样的
老太太不适合受众人关注。我个人所见所闻尽到的绵薄之
力会得到应有的回报。"

我简直不知该如何回应这段冗长的演说。老太太一本

正经地坐在直椅背的扶手椅里，扬扬自得，十分令人不快。她是个相当大条的肥胖的女人，鼻子无处可寻，长长的上嘴唇，一张嘴巴对什么事情都不满意。还好在见到她之前我甚至都没打开她的手稿，因为在读过她恶毒的暗示和含糊得足以被轻易否认的指控之后，我完全没有心情对作者彬彬有礼。对她强作感谢之词之后，我就逃开了。

依我的要求，我今天的午餐被用餐盘送来藏书室和卢思顿一起吃，我到的时候他已经在狼吞虎咽小果酱馅饼了，饼屑塞得满嘴都是。他汇报说池塘打捞计划失败了。他们把池边都捞了个遍，他觉得肯定没人能把一包奇怪的东西扔那么远，特别是在一片漆黑的情况下，不能冒险离湿滑的岸边太近。我们决定彻底搜查外屋。外屋能从书房窗户经小路很快到达，虽然宾汉姆告诉过我说车停好后车库门一直是锁着的，以防别人借他的工具，但是还有一间用来放柴火的储物棚，我注意到它的门上只有一个门闩。

解释完这些之后，我提到了宾汉姆的建议。

"小伙子真精明！"卢思顿说，"亚什莫尔的车就放在停车场，如果要处理包裹，会比棚屋更方便。我一直在想那辆车，他来这里可能是个偶然，不过我老觉得可能没那么简单。还有他一听说出事就拔腿走了！"

"我觉得他不会出手帮人谋杀自己的老主人，即使他确实觉得自己之前被亏待了。"我说道。我隐约了解奥斯蒙德爵士对这位前任司机并没有很慷慨。

"啊！"卢思顿说，"可他不一定知道是谋杀。他甚至会以为是个玩笑。有人得去见他一面。在布里斯托，对吧？我打个电话叫人去问问。"

我让他一定告诉布里斯托的警察局不要吓到亚什莫尔。如果他很担心，不知道自己到底做了什么，现在可能会十分惊恐。要是涉及梅尔布里家的人，他的忠心也会阻止他向警察报告。如果被吓到了，他可能会咬定说自己什么都不知道。所以我们要求派便衣警察去巧妙地审问亚什莫尔，确保要是他没有参与设计谋杀，他的声誉不会因为大家都知道"警察盯上他了"而受到影响。

完成之后，卢思顿开始怀疑亚什莫尔有没有可能跟这个谋杀计划有任何关联。

"风险挺大的！"他沉思道，"他发现自己被卷进去之后，他们能指望他保守秘密吗？他可能收了一大笔贿赂。不论如何，在等布里斯托传来消息之前我还是开始搜查花园和外屋吧。"

他抹了抹嘴边的馅饼屑，留下我继续用餐。我静下心来研究波蒂珊小姐和梅尔布里小姐的"作业"。梅尔布里的是一沓法莱克斯米尔专用的压花信纸，两面写满了尖刻的言语，到处都是涂改的痕迹，叫人没有心情读下去。我很惊讶地在里面发现了许多对艾琳娜的描述，便搜寻着里

面是不是有任何重要的地方，随后在整个篇幅中发现了为
数不多的一处对事实的确切描述——她听到了一段星期二
下午戈登和艾琳娜在奥斯蒙德爵士书房的谈话。他们具体
说了什么对我来说并不重要，虽然梅尔布里小姐显然想让
我在其中找出怀有恶意的企图，但戈登在的房间放着打字
机，这个事实或许很关键。

戈登和艾琳娜似乎是最不可能插手这个案件的人了。
相对来说，他们或许在修改后的遗嘱中失去了少许，而戈
登·斯蒂克兰这个精明的生意人一定能比其他人更确切地
知道这些修改只是建议，很可能不会成为事实。可迪迪现
在说，圣诞节下午的那个关键时刻，戈登在客厅看莎士比
亚的书。艾琳娜去了大厅。怎么会是艾琳娜？温婉、没有
个性、傻里傻气的……艾琳娜？不，不可能是她。

不论如何，为了弄清情况，我去找戈登·斯蒂克兰
了，然后在客厅找到了他。他正试图激起无聊听众的兴
趣，想让他们关注《泰晤士报》在节礼日好心提供的另
一项消遣，好让读者在看不到正经新闻的两天也能消磨时
间。只有梅尔布里小姐有兴致在一个匪夷所思的名人组合
中正确排列他们的优先顺序。

乔治抱怨说："谁都讨好不了那帮人，又何必白费心
思呢？"

当我支开戈登带他离开时，艾琳娜甜甜地说："非常

感谢您带我丈夫离开，哈尔斯托克上校。他碰到像这样高深复杂的人就特别紧张。"

"我收到消息，"当我们单独在藏书室时我对戈登说，"星期二下午你去了书房。你有去那里打印一封信吗？"

他和善地笑了。"没有，没有，上校！我的确*能*用一根手指在打印机上敲出一首曲子来，不过我不会敲着玩。如果有东西要打，我会请那位优秀的文书助手代劳的。"

我问他有没有注意到打字机，但在这个问题上他什么都不知道。除了艾琳娜跟着他进了书房的之外，没有其他人进去过。他进书房是去找奥斯蒙德爵士的，但房间里没人。

"您想知道我想单独找奥斯蒙德爵士做什么？关门之前有人听到几句我们谈话的内容，报告说听到了有嫌疑的对话？我不知道那人跟您说了什么，我也不记得我们具体说了什么，但绝对没有提到打字机——不论是机器还是那位性感撩人的打字员，都没有提到！这有些尴尬。我并不是很想让其他人知道这个事，您会理解的。已故的梅尔布里夫人有一些珍贵的珠宝，尤其是一些绿宝石。我懂一点珠宝鉴赏，奥斯蒙德爵士给我看过一次。梅尔布里夫人应该是把宝石都留给了他自由处置。他送了一些给女孩们，不过还剩下不少。我很想让艾琳娜拿绿宝石，因为她和我都很喜欢，也没有其他人戴着比她更好看。我想您也同意，对吗？"

我赞同说艾琳娜和绿宝石会相互映衬得很漂亮，在想他是不是要告诉我圣诞节那天奥斯蒙德爵士胸前的口袋里就装着宝石。

戈登继续说："我跟艾琳娜说，我想这次来的时候去问问奥斯蒙德爵士他能不能现在就把宝石给艾琳娜。说实话，我有点担心他会做出傻事来；可能会想，比如说，绿宝石配红头发挺好看。那就太浪费了！买人造宝石店里的东西给那姑娘都绰绰有余。

"艾琳娜不想让我跟她父亲说这个事。她怕要是我们显得太心急，就永远拿不到宝石了。我们俩很少有意见不合的时候，但她在这件事上不同意我的想法。我认为如果老人家刚好心情好，会很乐意把宝石给他最爱的女儿，所以我才在圣诞前一天去书房找他。我想避开艾琳娜，可她把这个事看得很重，一直盯着我，到哪儿都跟着我。整件事就是这样的。"

除此之外，他没有再多说其他的。他觉得绿宝石应该是放在保险箱里。这次来他并没有看到宝石，也没有其他机会跟奥斯蒙德谈这个事。他只希望读遗嘱的时候发现订立遗嘱的人做了正确的决定。

随后我们查了保险箱，绿宝石果然安放在盒子里。

当我再次独自留在书房的时候，我把关注点转向了波蒂珊小姐工整的笔迹。这姑娘显然很尽力地确切回忆了每个细节，在我看来她记得的未免太多了。

我注意到第一个重要的点是订了两套圣诞老人服装，而第一套一直没有送到。出事的消息发出时，波蒂珊小姐对全家人行为的描述也很有意思，但直到稿子的末尾，我才看到特别之处。我觉得大家到达书房或藏书室的顺序或许能说明什么。顺序是这样的：迪迪、希尔达、维特科姆、波蒂珊小姐、乔治、珍妮弗，他们都进了书房。随后进入藏书室的是艾琳娜和戈登、维特科姆（第二次进入，因为他去大厅通知其他人了）和梅尔布里小姐，然后是帕特里莎。隔了一段时间，最后，卡罗尔"忽然冲了进来"，身后跟着菲利普·切利顿。

这么说，直到其他所有人都收到消息聚在藏书室后，帕金斯才把亚什莫尔的口信带给卡罗尔。这证实了管家的话。他认为自己在珍妮弗房间看到了菲利普·切利顿和卡罗尔在一起也没有错。不论如何，看错的可能性很小，因为切利顿的头发又黑又密，乱糟糟的，跟其他人都不一样。维特科姆的是一丝不苟的浅色卷发，大卫爵士的头发是稀疏的灰色，戈登有一块斑秃，而乔治的是一头仔细修剪过的头发。

正当我思索着什么样的阴谋可能会在卡罗尔、菲利普和维特科姆间诞生时，维特科姆一脸疑惑地朝门里探了探头。我知道他那天早晨很早就回法莱克斯米尔了，但回来以后很低调，我一直没有见到他。他冲我傻笑了一下。

"我能进来吗，上校？我想到了一些事想告诉您。被忽然问到一些问题的时候很难想到其中的原因，就是您的警察同事昨天问我的，奥斯蒙德爵士的外套上沾了毛的事。我之前从没想过，根本不知道他的外套上有什么毛，这让我如何解释呢？但我昨晚躺在监狱小床上的时候，把整个事情思考了一遍。单人牢房，用来思考再适合不过了！他们把外套从那个可怜人身上脱下来的时候，肯定把衣服叠起来了！我在衣服的一边留下了兔毛，毛掉得到处都是。碰到什么都能沾上！这样就没问题了，对吧？"

我谨慎地说应该没事。

"还有个事！我们都知道你们在找什么东西，那东西我见到过！"

我吃了一惊，让他解释到底看到了什么。

"怎么，是一整套圣诞老人装扮，跟我穿的那套看起来一模一样！"

听到这话我火冒三丈。这一屋子的人真是个个是疯子，不到最后时刻什么都不说。但我还是克制住自己，让这个傻子说清楚是怎么回事。

"我是在镜子里看到的，"他说，"我当时没注意，以为只是看到了自己，虽然有点奇怪。我以为一定是跟折射光线有关的什么科学恶作剧，还想着之后可以拿来玩游戏。用角度和光之类的来搞鬼。"

我费了九牛二虎之力把他带回话题，从他口中得知他当时离开大厅去拿礼物给仆人，穿过走道的时候看到了一面钉在墙上的大镜子，正对着楼梯下的橱柜门。他在镜子里有一刹那看到了一个圣诞老人的影像，很快"就那样从镜子的一侧"溜走了！

"我觉得有些古怪，就又倒回去试了一次，但是再也看不到那个影像了，"他解释说，"不过我回来后就一直在做实验，要是有人正好站在餐厅门口，你从大厅出来，穿过走道到对面的门，快走到镜子跟前的时候就能看到他。"

我把维特科姆带到走道里，他把刚才说的给我示范了一遍。大厅隔墙的高处有几扇窗户，灯光就从窗户照进走道，如果走道的电灯没开就很昏暗。要是有人悄悄躲在走道尽头的餐厅门口，穿过走道进入仆人休息室的人很可能不会注意到他。凶手扮成一模一样的圣诞老人等在那里，确保维特科姆离开大厅再进入，但他忘了泄密的镜子，在他溜走前一刹那显现了他的身影。

"我想你没有到餐厅去查看到底是不是有人在那儿吧？"我问维特科姆。

"我从没想过会有第二个圣诞老人！我很肯定是看到了自己，只是不清楚为什么会这样，因为我在做实验的时候卡罗尔从另一个角落冒出来了，我就完全忘了这个事。"

"从另一个角落冒出来是什么意思？"

"从我身后，靠我左边的位置。应该是从珍妮弗房间。她叫了我一声，我转过去跟她说话，就忘了看到鬼的事。"

我说他忘的东西可太多了。

"您说得对，上校，"他和颜悦色地赞同道，"在书房看到尸体的时候我吓蒙了，脑子里一片空白。现在记忆都回来了。"

之后没有其他重要的信息再"回来"了，我就一个人回到藏书室。

线索再次令人不快地指向卡罗尔。维特科姆看到第二个圣诞老人的时候，卡罗尔可能刚帮他穿好衣服，然后转移了维特科姆的注意力救了场。她拉着维特科姆说了几分钟话，看他安全进入仆人休息室，然后等在珍妮弗房间——等凶手回来吗？和她在房间里的又是谁？菲利普·切利顿，不论他知不知道遗嘱内容，都有杀害奥斯蒙德爵士的强烈动机。也许维特科姆已经给了几点奥斯蒙德爵士起草新遗嘱的暗示；不是奥斯蒙德爵士的确切意思，但能暗示卡罗尔说她会得到一笔丰厚的遗产。如果她会错了意，以为祖父已经执行了遗嘱，给她留了 2.5 万英镑，给未婚的珍妮弗留了 5 万英镑，她可能会计划拉拢菲利普作为同伙。只要一发子弹，他就能赢得珍妮弗和一笔巨

款，还能顺带帮卡罗尔也赢一份。他们不能把珍妮弗拖进
这个阴谋里。就算她可以变得如此邪恶，她的天真与感性
不是作为杀手的特性。但她可能也会起疑心，如果她做了
诸多猜测后得出是菲利普扣动扳机的结论，就能解释她擦
去菲利普指纹的举动了。

珍妮弗的房间似乎是个隐藏圣诞老人服装的好地方。
开门正对着走道，比房子里的其他地方更能掩人耳目。如
果菲利普是在橱柜里穿上事先备好的服装，可能忘了眉
毛，把它们留在里面了；他可以回珍妮弗房间换衣服。又
或者他在橱柜里把衣服又换了回来，拿上东西去了珍妮弗
的房间，没留意到把一对眉毛落在漆黑的角落了。我们
必须搜查珍妮弗窗户外面的花园，看看有没有可能的藏
匿点。

我猜到这里时，肯尼斯·司道尔来了，拿着一叠凌乱
的手稿在桌上堆成三份，在页面顶端自己写了标注：*切利
顿、温福德夫人和珍妮弗·梅尔布里*。

他告诉我说："珍妮弗写稿的大部分时间我都跟她坐
在她房间里，确保她和切利顿没有串通一气。不过他们也
没有心情搞这个小动作。我想您应该注意到他们之间的冷
漠了吧？他们几乎都不说话了。我真为小珍妮弗感到遗
憾。我猜菲利普为了写那点东西坐了大半夜，今早我一到
他就拿给我了。恐怕他写的东西没什么有价值的内容，只

说了这家人如何一如既往地不公、如何对迪迪不公。迪迪是那么真诚，这可是梅尔布里家大部分人都无法理解的品质。"

"我发现他们对于发现真相毫无帮助。"我赞同道。

"我都快后悔让他们写这该死的东西了，"肯尼斯继续说道，"不过都写好了。我还没时间仔细看珍妮弗和温福德夫人的，不过我得知了一个消息。圣诞老人这一出是在圣诞节前一周计划的，他们买了一套服装，本该在星期六收到，但没有收到。意思是说，没人承认自己知道包裹到了。虽然不一定是在星期六，但可能已经寄到了。我不太清楚家里人除了珍妮弗之外有没有其他人知道这个计划，不过显然大部分宾客都不知情，直到星期一早晨珍妮弗告诉他们了，他们才知道。"

我随口问他有没有查到当时都有谁在法莱克斯米尔。

"查到了。我做了笔记，写了他们到的先后顺序。米尔德里姑妈是星期五到的；希尔达和卡罗尔坐火车是星期六早晨到的，亚什莫尔去车站接了她们；乔治和家人是星期六晚上开车到的；迪迪和大卫是星期天开车到的；艾琳娜和家人是星期一早晨坐火车来的，也是亚什莫尔去接的；切利顿是星期一下午到的，维特科姆是星期二早晨。"

他说话的时候我翻着珍妮弗的手稿，卡罗尔的名字在第三还是第四页跳了出来。珍妮弗"知道卡罗尔要（在星期一早晨）去布里斯托买自己的东西"。我对肯尼斯一整套愚蠢的写作业主意感到一阵强烈的厌恶，便拿起整叠稿子，连梅尔布里小姐和波蒂珊的也一起递给他，让他拿上这叠东西回去好好研究。

"我也该离开法莱克斯米尔了，"他开心地答应了，"老乔治开始怀疑我到底是什么身份，他们会让迪迪很不好过的。我要回家找托勒德夫妇好好地系统研究一下稿子。我开始有想法了，不过我知道的还有欠缺，可能还需要很多你的帮助。"

我琢磨着，在他读了梅尔布里小姐对他的描述被打击了之后，我可能会跟他相处得更愉快，就让他开车去德威布鲁克斯到我家吃晚饭，晚饭后我再找他谈。他去找珍妮弗借了公文包装手稿，之后就离开了。

第十七章

珍妮弗

哈尔斯托克上校　书

　　我觉得应该查看一下珍妮弗的房间，看看窗户外的花园里可能有哪些藏匿点。敲门之后，传来珍妮弗的声音，请我进屋。桌上有一张废纸，旁边的垃圾桶里装满了揉紧的纸团，看来她刚写完"作业"，估计肯尼斯已经直接从她房里拿给我了。珍妮弗坐在火炉边的矮柳条椅上，我进门时，她期盼的姿势和表情变成了不在意，无精打采地靠在椅背上。她脸色苍白，十分劳累，可以说没什么姿色。她的美貌很大程度上取决于她的年轻健康和平日里活泼的性格，在我看来，还有可能是因为她迷人挑逗的裙子。她穿着沉闷的深色衣服，令她看起来更显老。

　　我告诉她说我想知道她到底为什么拿起了那把杀死她父亲的枪，还摆弄了那么久。

　　她叹了口气，看着炉火。我也看着炉火，想到这个房间又有一个方便凶手的地方：能毁灭笔记罪证的炉火！我信步走到房间最靠里的落地窗前，外面是个露台，底下是玫瑰花园。珍妮弗用一种假装开心的声音开了口。

"我太傻了，您知道吗，我有一阵认为一定是菲利普杀了父亲。我根本没有任何理由这样想。"她在椅子里转过身，焦虑地对我说，"他没有说过任何暗示他杀了父亲的话，我也没看见任何能让我怀疑他的事情。不过——好吧，您知道我想跟菲利普结婚，父亲很反对，整件事情很复杂。看到父亲就那样死了，我不自觉地第一时间想到我自由了。我想让您过来坐在我对面的椅子上，这样我能看到您是不是相信我的话！"

我照做了，瞥了一眼窗外，看到毫无生机的树桩和旁边的红砖墙，墙围着厨房外的花园。

她用一只手捋了捋柔顺的浅色头发，然后用手撑着下巴，一双天真的蓝眼睛目不转睛地注视着我。

"您能理解我有多害怕吗，看到父亲像那样死了，同时还想着现在没有什么能阻止我嫁给菲利普了？"

我说如果她和菲利普事先这样想过的话是有可能的。

我的话似乎让她有些担心，但她承认说："从某种程度上来说，我们想过。是父亲自己这么说的。他想让我在他有生之年都待在法莱克斯米尔。所以摆在我们面前的问题就是，我们是要年复一年地等下去，还是冒险立刻结婚？我们其实已经决定了，哈尔斯托克上校，我们要在明年春天结婚。希尔达和卡罗尔可以告诉你；我们跟她俩讨论过这个事。"

"这么说你们已经决定挣脱所有束缚；或者说到春天的时候就没有什么能阻止你们了？"

"这么说太不公平了！"珍妮弗抗议道，"我说的阻碍是指：父亲的反对和我从他那里拿不到一分钱的可能性。但我们决定不会让这个因素阻止我们。可我看到父亲死了的时候，我觉得——噢！我都混乱了；您把我跟那个该死的想法缠到一起了，您知道我真正的意思。"珍妮弗睁大眼睛恳求地看着我。

我狠下心肠告诉自己必须问清这个事，如果出于对小珍妮弗的善意而没有坚持铁一般的事实，就会对其他人不公。所以我问当她看到奥斯蒙德的尸体时，是不是觉得他对她结婚的阻碍和因此造成的经济困难都不存在了。

"我觉得某种程度上来说是这样的；虽然我不会用那样的文字表达。"珍妮弗承认道。

"你知道根据他最新的遗嘱，你会继承一大笔遗产吗？"

她惊讶地微微扬起眉毛。"我不知道任何确切的内容；我们都不知道。我们不清楚他什么时候立的遗嘱。不过我们一直都认为他会把所有财产或多或少地分给我们。"

　　"回到枪的问题。你觉得菲利普杀了你父亲，是因为你发现他的死为你和菲利普的未来扫除了一大障碍，菲利普显然有很强烈的动机。但你不觉得这个理由有点牵强吗，珍妮弗？"

　　"您是什么意思？"她义愤填膺地说，"这个理由完全没有问题——是您把所有问题都想得那么下作。"

　　"我的意思是，因为菲利普会从你父亲的死中获益，就立刻认为是菲利普杀了人，得出这个结论未免太仓促了。有其他原因让你有这个想法吗？"

　　"我就担心您不会相信我，"珍妮弗伤心地说，"可事实就是如此。我也想编点假话出来，让您觉得更可信，可我一直认为警方会把动机看得很重要。有人被杀了，当下没有证据表明是谁干的，你们就会立刻寻找谁有杀人动机。你们难道不是这样办案的吗？"

　　"可以是这样。但警方也会把性格和其他因素考虑在内；总之，他们会考虑事实。"

　　"噢！我知道您觉得我把菲利普当成凶手就是个大坏蛋！但是——"她突然停了下来，压抑着想要说出口的话，"可有人是凶手，而且明显是家里的人。我特别害怕，害怕得有点无法正常思考了。您难道想象不出这有多吓人吗？我以为菲利普——事情就是发生了。我只想要保护菲利普。我觉得他是因为大意，把枪放在那儿了，上面会有他的指纹，会被你们发现，所以我拿起来摆弄了几下，想把指纹擦掉！"珍妮弗闭紧了嘴，用反抗的眼神怒视着我。

"你就没想过这很危险吗？你有可能会被指控谋杀？"

"人不是我杀的，所以我没想过会对自己有什么不利，特别是当我对此完全不知情的时候。再说，我一直都在大厅里，大家肯定看到我了。"

"不过大家没有看到菲利普，这可能会对他不利。其实你自己也不知道菲利普去了哪儿，或许你是因为这个才怀疑他？"

"不是，不是那样的！"珍妮弗大声吼道，"我知道他在哪儿，我非常确定！他有不在场证明，卡罗尔可以告诉你。你必须相信卡罗尔！过了开头那可怕的一瞬间后，我*知道*不可能是他干的。噢，你一定得知道他不可能杀人！"她用不断重复的话试图说服她自己和其他人。

"你没有任何针对菲利普的证据，什么都没有！"她继续说道，"只有一点，就是他会从父亲的死获益。可我们家里所有人都会！我们都想拿到父亲的钱！你不*可能*认为是菲利普干的！不可能！噢，我还能说什么？"泪水模糊了她的双眼，她翻找着手帕。

她的压力似乎是发自内心的，虽然女人在这种时刻流下的泪水总是值得怀疑，因为这会给她们喘息的时间，让对方放下防备。我努力保持适度的同情，试着缓和一下气氛，让对话得以继续进行下去。我敦促她整理好心情，解释一下她为什么相信菲利普是无辜的，在好一阵抽泣、擤鼻子和擦眼泪之后，她回答了我。

"您在圣诞节那天晚上问我们所有人这个问题的时候，"她继续说道，"我不知道要怎么说，因为我还没机会跟菲利普谈。但您走了之后，他把一切都解释清楚了；他是如何找到机会单独跟卡罗尔聊的，以及安排她如何能帮助我们。卡罗尔应付父亲很有一套，如果她肯花费心思，而且碰巧父亲的心情很好，那么她做的事总能达到目的。我能肯定，只要她帮忙计划菲利普和我的婚事，而希尔达能替我来法莱克斯米尔生活，一切都能行得通。这就是菲利普在那个下午做的事。就这么简单。"

我提醒她说，在我和她的第一次问讯中她漏了另一件明显和菲利普无关的事——到仆人休息室和亚什莫尔聊天。

她听了之后开心起来，松了口气，我想是因为终于摆脱了菲利普的话题。"我都忘了这回事。对，是奥利弗在书房跟父亲聊天的时候。圣诞树活动一结束我就跑出去了，只和亚什莫尔聊了一两分钟，因为我想着父亲一和奥利弗吩咐完要他做的事就会重新回到现场，可能还会让我给孩子们组织做游戏什么的，我要是不在的话他会很难办的。"

我问她回到大厅是什么时候。

"就在奥利弗从藏书室出来之前——至少我觉得是奥利弗吧？我现在完全弄不清谁是谁了。反正我一回大厅就有一个圣诞老人从藏书室走了出来。"

"那亚什莫尔呢？他来做什么，为什么要共谋否认他来过？"

"不是共谋！您真的让所有事听起来都比原本的糟糕！我很抱歉，可当您开始讯问大家的时候，我想到要是您去问亚什莫尔会，他有多难堪，因为他恰好就出现在这里。他什么都不知道，特别怕'被警察盯上'，这是他自己说的。在他小的时候，警察有一次因为一件特别小的事找过他，好像是抢了一朵兰花，他差点为此丢了这里的工作。他老是觉得如果警察再找上他——即使只是因为把车停错了位置——这件旧事就会被挖出，那他就完了。所以我想着还是不要提到他为好，我跟卡罗尔说了，也吩咐过帕金斯不要说。我们已经很保密了，因为我们特别不希望父亲知道他来过。父亲会特别生气，因为他认为亚什莫尔没有应有的感激，表现也不是很好。父亲总是把我们对亚什莫尔的善意当成对他行为的指责——我觉得多少是这样的。"

我又问了一遍亚什莫尔为什么来法莱克斯米尔，珍妮弗在她的一大段解释中没有提到这个部分。

"他从车站接卡罗尔和希尔达来的时候，卡罗尔觉得他特别可怜，"珍妮弗说，"他看起来病恹恹的，还特别焦虑。所以我们决定给他送一份圣诞大礼包，卡罗尔星期一就和帕特里莎到布里斯托去订礼物了。他特别高兴，大老远跑来感谢我们。帕金斯告诉我说他来了，我就冲出去祝他圣诞快乐之类的，让他留下来喝茶。如果您不相信我说的话，必须去问他，那就去吧。但是——拜托——对他温柔一些。他真的太可怜了。"

我答应她说在和亚什莫尔打交道的时候会很注意，还跟她说了我担心的事情：我们找不到他人了。布里斯托警方打来电话说他们已经给他家里打去两次电话，他妻子只说他那天早晨出门了，没说要去哪儿，也没说什么时候回来。他的车停在车库。他们说他妻子很担心。

"他应该是去处理自己的事了吧，"珍妮弗猜测说，"他老婆是挺啰唆的人，我能理解他有时候会想避开她清净一会儿。他今晚肯定就回来了。我发誓他跟这件事一点关系也没有，我想他在读到今早的报纸前甚至都不知道我父亲死了。您要不去问问卡罗尔？她的脑子不像我这么容易乱，或许您会相信她的话！"

我已经想好要在珍妮弗有机会把跟我的谈话告诉卡罗尔和菲利普之前找他俩聊聊，在珍妮弗面前问卡罗尔或许是个好主意。

珍妮弗看着迟疑的我问道："要我去找卡罗尔来吗？她应该在整理新买的黑裙子。噢！您觉得我会在路上私下教她怎么说话！您不必担心。我们都已经准备好告诉您关于亚什莫尔的真相了。"

珍妮弗摇了铃，给前来应答的女仆下了指示。为缓和气氛，我走到侧窗边看着光秃秃的花园和砖墙，漫无目的地聊了聊春天的花。珍妮弗匆忙收拾了一下自己的面容。我想珍妮弗还在怀疑菲利普。她并没有完全相信他的解释，还很嫉妒卡罗尔。但她会一直支持菲利普到最后，在最黑暗的证据面前坚定自己对他的信任。

卡罗尔来的时候，我再次被这个姑娘震惊了，她看起来远没有家里其他人那么焦虑和压抑。她身上有一股自愈的能力，能还原她的自信和年轻。还是因为她的冷酷无情和阴险的决心？当你看到卡罗尔俊俏的（有人会说是娇嫩的）面孔和真诚的双眼，会觉得第二个原因荒唐无比。

她意气风发地一走进屋，珍妮弗就叫道：

"卡罗尔！亚什莫尔不见了——消失了！会出什么事？"

珍妮弗显然比对我说的要更担心失踪的亚什莫尔。卡罗尔吃了一惊，一脸严肃。她责备地看向我。

"您做了什么让他消失了？你们怎么知道他不见了？

他要是被卷到这堆乱子里来就太可怕了！"

"你们想想！"我催促道，"如果他真像你们说的是完全无辜的，没有跟人串通，也不知道究竟发生了什么，那该责备的就是你们自己，为了子虚乌有的事情弄出了这么大的乱子。先是合谋保持缄默，然后是当这里的所有人都说没有车来过的时候，一辆车被看到驶离法莱克斯米尔。要不是帕金斯对我老实交代，亚什莫尔恐怕要被仔细盘问他那天下午到底偷偷摸摸地来这儿做了什么。"

"是的，我现在知道是我们的错，没告诉您他来过是很愚蠢的行为，"卡罗尔思考了一会儿之后认了错，"可我们所有人那天晚上都不在状态。发生了那么可怕的事，受到影响的不仅是我们的判断。现在还是不要争论是谁的错了。如果他真的失踪了，肯定是认为您在找他，可能会孤注一掷。必须马上找到他。我们中必须有人去告诉他没事的。不过您还没有解释，他为什么要走？"

我把知道的告诉了她。

"好吧，这难怪了，"她突然生气地说，"要是派了警察去他家，他肯定很害怕——"

我说只是便衣警察而已。

"我敢肯定他知道他们是谁；即使穿着便装看着也像警察，说话的方式也像。"

我好不容易插话说亚什莫尔在第一批便衣警察到之前

就走了。

"您确定吗？"卡罗尔问，"我不信。他完全没有任何理由担心，除非报纸上写了什么可怕的新闻。有可能是。某个记者可能探听到亚什莫尔去过那里。"

我觉得不大可能，但还是让人找来房子里能找到的所有报纸，拿来之后就开始看大部分报纸报道的"圣诞节谋杀案"，或是"圣诞老人谋杀案"。耸人听闻的头条铺天盖地，却几乎没有真实的信息，而是被关于这栋房子和这家人冗长而又不实的内容填满。里面没有提到亚什莫尔，我们也没有找到一丁点信息暗示他或在他职位上的人跟案件有关或是有嫌疑。

"亚什莫尔看的可能是其他可怕的小报。"珍妮弗说。

"或者，按照珍妮弗最早的猜测，"我温和而大胆地说，"他去办自己的事去了，晚上就会回来。"

两位年轻的女士带着怀疑的眼神冷冷地看着我。

"您不会真这么想的，"卡罗尔责备我道，"你们警察说的一些话让你们确定他的失踪是有重要原因的。"

根据他们能查到的所有线索，布里斯托警方确实有汇报过，亚什莫尔出门前都会跟妻子说他会去哪儿和什么时候回来，哪怕只去一小时。这对他的生意很重要，他工作一直很勤恳。对当地酒吧的一些调查也没有多大帮助。一个酒吧老板认识亚什莫尔，说他"几乎滴酒不沾"，已经好几天没来酒吧了。

"听我说！"卡罗尔忽然说，"珍妮弗或者我要是能去见亚什莫尔太太，我们说不定能问出点什么来。她自然是会怀疑你们便衣警察的！"

我的脸上想必是露出了怀疑这个计划是否明智的表情，卡罗尔看着我笑了起来。

"噢，我的天！我们所有人都被怀疑、被监视，您不敢放我们出去！好吧，您要是愿意的话就自己来吧；暗中观察就好！或者派另一个警卫跟着我们。让珍妮弗跟一个面善的警察去吧！"

我很遗憾肯尼斯不在身边。卡罗尔可能认为她或珍妮弗可以从亚什莫尔太太口中问出点什么，我也开始认为亚什莫尔确实知道什么线索，要找到他很重要。我觉得珍妮弗很肯定亚什莫尔是无辜的，而卡罗尔可能有相同的看法。可能他偶然发现了什么线索。我还是不愿意放她俩中的任何一个去布里斯托，虽然不确定她们会闯出什么祸来。我在珍妮弗的小房间里来回踱着步，她俩焦虑地看着我。下了决心后，我让人叫来卢思顿，在门外的走道里跟他商量了一会儿。

我们决定让宾汉姆载珍妮弗去亚什莫尔家，他俩需由一名便衣警察骑着摩托车跟随，便衣警察会潜藏在人群中，除非注意到不正常的情况或者她俩做了逾越指示的事，他们只需要到亚什莫尔家，问完问题直接回到法莱克斯米尔。宾汉姆一直在帮助搜查外屋的人，带他们上阁楼、架梯子和开门锁。当他往新光车上铺垫子、把车开到前门时，也受到了监视。车之前已经被搜查过了。

那天早晨，布里斯托两三家大的店铺送了东西到法莱克斯米尔，珍妮弗从中挑了一顶黑帽子和一件黑外套穿戴上了。坐在大轿车后座的她显得娇小而虚弱，之后便随宾汉姆开车走了。

第十八章

亚什莫尔太太的陈述

珍妮弗·梅尔布里　书

　　能暂时离开法莱克斯米尔着实是一种解脱，痛苦的囚禁似乎持续了好几周，但其实只是从圣诞节那晚——也就是周三——到周五下午。哈尔斯托克上校表现得有些令人反感，可当我现在静下心来回想，他并没有比我们其他人更糟。每个人在那几天时间里都让人厌恶到了极点。奥利弗一定十分不好受，因为尽管我们都认为他对父亲开枪完全是无稽之谈，但事情一开始看上去确实是这样的。他在监狱里安心度过了一晚，回到法莱克斯米尔之后对我们避而不见。我能理解他这样的行为。

　　后来我们发现了所谓的"第二个圣诞老人"，怀疑更加不可收拾地蔓延，因为没有人知道会是谁干的。有些人，特别是不通情理的米尔德里姑妈和帕特里莎，显然希望是可怜的格蕾丝·波蒂珊，即使大家都知道案发当时希尔达一直在大厅跟她聊天。她们生出了一个想法，认为她是在奥利弗一离开书房就下了手。她确实是过了一会儿才跟希尔达聊上的，也没人确切记得她从藏书室进入大厅的时间，我们中大部分人都离开藏书室的时候她留下来收拾垃圾了。可这也无法解释第二个圣诞老人，而我能肯定可怜的格蕾丝很崇拜父亲，做梦也不会想到要杀他，即使她能因为他的死获得一大笔财富——这也是每个人害怕的。

宾汉姆说过他认得去亚什莫尔家的路，可我们刚进入布里斯托时，他就停下车打开了身后的玻璃隔板。我以为他要问地址，没想到他说："恕我冒昧提个建议，小姐，如果可以的话，我把车停在路的拐角会不会更好，这样您可以自己走到门口？避免在街上引起骚动，不知您能不能理解我的意思。"

这似乎是个好主意，因为要是法莱克斯米尔的大车被看到停在亚什莫尔家门外，势必会引来诸多口舌。卡罗尔和我特别担心媒体对亚什莫尔的注意。他特别害怕。我们如此大费周章，都是为了试图避免他被卷进这件事，结果还是害他被警方怀疑。

宾汉姆把车停在一条热闹的街上，就在一条小路的拐角前，小路上有两排阴森的小房子，就是亚什莫尔住的地方。我们保持低调，把车停在那里，就像要去逛商店一样。

我敲了敲亚什莫尔家的门，门开了条缝，一个不友好的声音在门后说："什么事？"

我表明了身份，门开大了些，露出亚什莫尔太太的身影。她一直是个挺邋遢的人，可她现在看上去比平时更不修边幅，举止鬼鬼祟祟，眼睛也红红的。她带我进了起居室，我忽然意识到还不知道要对她说什么。我不想直接问她丈夫去哪儿了，让她觉得我跟警察有什么关系。不过她说了一大通对父亲的死是如何同情和愤慨，帮我解了围。

"整个节礼日我们都很担心，你知道的，亚什莫尔圣诞节回来的时候说奥斯蒙德出事了，他不知道究竟发生了什么，就没怎么说原因。我们以为他是像夏天那次一样又中风了。亚什莫尔没有打电话去询问，我们以为奥斯蒙德的身体没有大碍，很可能会自己接电话，我们没猜到发生了这么大的事，还以为打电话过去会不受待见，结果可怜的人就那样死了。"

她就这么一直说了下去，解释他们如何担心，他们互相说了什么，等等。我说很抱歉没有想到要把这件事告诉她，便问亚什莫尔在不在家。

"他不在，问题就在这里！"她说。

我问是不是出了什么事，她连珠炮似的说："我不知道出了什么事、为什么会出事，亚什莫尔自从昨晚开始就很不安，今天早晨什么都没说，只喝了杯茶就走了，我不会跟任何人说的，就算我想说也没什么能说的，可他跟我们艾达道别的样子——她是身子很弱的那个，您还记得吧，小姐，她一直待在家里，她爸爸那么疼她，道别的样子能让你心里一凉，好像他再也见不到女儿一样。我跟亚什莫尔说，我说，以为他就出去跑会儿步，他早晨经常出去跑步，我就说：'你半小时之内回来。'他听了之后用很奇怪的眼神看了我一眼说：'我不知道，不过你什么都不知道，要是有谁来问话，你什么都别说。'说完他就走了，再也没回来，没了他我们该怎么办，一点收入也没有，他开车赚的那几个钱根本就不够，有人打电话来我也不知道要怎么跟他们说，我好担心，真不知道该怎么办！"

　　我努力想从她口中问出亚什莫尔消失的其他原因；任何与父亲的死无关的原因。亚什莫尔太太似乎认为他就是因为这个离开的，但她说不清或者不愿意说到底是为什么。她说他没有任何理由离开，跟家里或工作都没关系。有很长一段时间她一直咬定说她一点都不知道他去了哪，但最后她告诉我说昨晚他提到了一个地方，在他"变得特别焦虑"之后，一个他之前经常说起的地方。他年轻的时候去玩过一天，总说那是世界上最美的地方，可他从不带她去。她有时会怀疑这个地方是否真的存在，虽然其他人也说去过。她不知道他喜欢那里的什么，因为他说那里不是海边，也没有步行道，只是几处废墟。昨晚他说想再看一眼那个地方，最后看一次，他一直说想再去一次。她会记得那个地方的名字吗？她不记得；她不擅长记名字，不过艾达也许知道。她去问了羸弱的女儿，回来后说那个地方叫"廷恩"。

考虑到有废墟，加上亚什莫尔太太浓重的布里斯托口音，我问是不是廷特恩，她觉得应该是。

"不过，我得提醒你，"她强调说，"我没说他真的去了那儿。我觉得这根本就说不通，景色也不会好看，只有在夏天才有人去玩。"

然后她忽然又焦虑起来，不确定说了这条线索是不是错了。我又该怎么办？我能确定她告诉我的消息不会给亚什莫尔造成伤害吗？

我跟她说我非常肯定亚什莫尔没有理由逃跑，但他状态不太好，十分紧张，一定是有什么事让他困扰。亚什莫尔太太也说他已经有一段时间心神不宁了，因为担心生意不好和他自己的病而"神经紧张"，在这个话题上她又开始细翻过去了。我好容易让她改变了话题，告诉她说亚什莫尔如果回来了或者有他的任何消息，就打电话到法莱克斯米尔找我。我向她保证我们会尽力找到他。"你不会让警察去找他的，对吗，小姐？"她恳求道。我答应说不会的，但有些迟疑我是不是能完全遵守这个承诺。

我们没有提到便衣警察上门拜访的事，亚什莫尔太太只是大致提到"有不安好心的人来打探消息"。

我开始告辞，她问我要怎么回家，我便告诉她车停在拐角，她跟我一起走到了街上。走到拐角时，我们看到几米之外停的车，宾汉姆坐在驾驶座上。亚什莫尔太太认真看了看他，然后半跑着冲上前去。宾汉姆看见我就下了车开门，亚什莫尔太太在路面上抓住了他。

"是你，宾汉姆先生！我就知道！"她尖叫着冲宾汉姆发火，"我倒想听听你有什么想为自己说的，抢了我丈夫的工作，现在又害他失了魂，你的鬼话让一个好丈夫和好父亲不知道跑哪儿去了。"

过路的人开始驻足观望，我很快上了车。宾汉姆表现得很得体，说亚什莫尔要是出了事，他感到很遗憾，可他什么都不知道云云。他没有发火，而是耐心地回答她，然后上了驾驶座。我开窗问是怎么回事。

"你问他！"她叫着，"问宾汉姆先生！问他在节礼日跟我可怜的丈夫说了什么！我也很想知道！"

我怕在大街上惹出闹剧，觉得这女人已经失去理智了，一直怪罪宾汉姆，他得到了她丈夫在法莱克斯米尔的工作，她可能心里很不是滋味。我安慰她说宾汉姆跟这件事没有任何关系，请她不用太伤心，也不要太快下结论。然后我就让宾汉姆开车走了，留下亚什莫尔太太站在人行道上，摇着一头乱发。

　　出了布里斯托后，宾汉姆停下车说想在回法莱克斯米尔前解释一下亚什莫尔太太的话。我于是坐到前排，车继续前行。

　　他说昨天，也就是节礼日，他要载律师克鲁肯先生从德威布鲁克斯回布里斯托。把他送到之后，宾汉姆想去一趟亚什莫尔家，把消息告诉他。宾汉姆说他几乎完全顺路，虽然哈尔斯托克上校让他立即回法莱克斯米尔，他觉得去一小会儿也没关系。他想到亚什莫尔夫妇不会知道法莱克斯米尔的事，能让他们第二天看到报纸的时候不至于太过惊讶。宾汉姆说他能"预料"亚什莫尔听到消息的反应。"他整个人都崩溃了，似乎特别往心里去。他要是伤了自己，我也不觉得奇怪。"

　　"可是为什么呢？"我问，"就算他听到父亲的死很难过，我不明白他为什么要那么做。"

　　宾汉姆幽幽地说："谁也不知道一个人会做出什么事来。"之后我再问不出什么了。他很担心自己工作不保。他违抗了哈尔斯托克上校的命令，因为他觉得自己是出于好心才把消息温和地告诉了亚什莫尔，从没想过会引起这样的麻烦。他知道警察现在想找亚什莫尔，一旦他们发现亚什莫尔走前不久宾汉姆曾见过他，宾汉姆怕自己就要有麻烦了。他说要是我不对哈尔斯托克上校提起他曾去过亚什莫尔家这件事，就是帮了他大忙。他机巧地辩解说让

老亚什莫尔受不了的只是父亲去世的消息，如果宾汉姆前
一天没有正好告诉他这个消息，他也会从今天的报纸上看
到，所以他的到访其实并不重要。

　　我没有打算给宾汉姆任何承诺，但我决定只要可以避
免就不把他牵扯进来。我并没有告诉他警察并不是真的想
找亚什莫尔，不是因为他想的那样。他们想知道他为什么
去法莱克斯米尔，但他们现在知道他有十分充分的理由前
来。卡罗尔和我急切地想找到他，因为我们都很担心他，
不过我们十分确信他和发生的事情没有任何关联，也不知
道任何情况。

　　宾汉姆答说他斗胆建议我们可以把寻找亚什莫尔的任
务留给警察，他们知道要怎么处理。女孩子掺和进去不是
很好。

　　我不太清楚宾汉姆想表达什么，觉得他有些无耻，虽
然亚什莫尔的行为确实很古怪，怀疑他知道案件的些许内
情也是情有可原的。

第十九章

卡罗尔和奥利弗

哈尔斯托克上校　书

　　珍妮弗坐车去布里斯托时，我和菲利普·切利顿谈了一会儿。他是个矮小而壮实的年轻人，总是有些不修边幅，不过他对家里的哀悼气氛表现出了足够的尊重，换掉了常穿的那身邋遢的法兰绒裤子和运动外衣，穿了一套灰西装。他的头发太长，还有个恼人的习惯，喜欢用手指把头发绕成卷再松开。

　　他一进房间，没等我开口就脱口而出："我知道我的处境很不利，上校！我的意思是，谁都能看出这样一来珍妮弗和我就没有阻碍了。很抱歉星期三晚上没有把所有事情立刻告诉你，因为我跟这个事一点关系都没有，那天下午我在哪儿应该没有任何影响。我以为你很快就能把人抓到。"

　　我很严肃地告诉他，如果大家都不说实话，就很难解开这个疑团。

"噢，当然；我现在明白了。我做好坦白的准备了。当时我坐在珍妮弗的房间里跟卡罗尔说话，想说服她帮忙——就是，帮我们私奔！"

我对他进行了问讯，但他的说法很简单。他跟其他人一起离开了藏书室，背着乔治最小的孩子克莱尔在大厅里玩，招来帕特里莎的一顿说教，她说他跟孩子玩得太疯了，他就跟帕特里莎说了会儿话，或者说听她阐释如何正确和孩子相处，让她恢复好心情。他看到圣诞老人从后门出去了，还看到卡罗尔跟着他跑了出去，然后圣诞老人拿着彩炮回来，他和孩子们拉了几个。当所有彩炮都拉完，并且他也帮吉特装好玩具火车后，他四处找卡罗尔，想着这是私下找她谈话的机会。他没找到她，他这才想起她没有回大厅，于是他就离开去看她做什么去了。珍妮弗的房间自然是他寻找的地方，因为房门离大厅门很近，他看到卡罗尔是从大厅门离开的。

她在房间里，他说她看起来有点慌乱。

说到这里，他停了下来。"我的老天！我都说了什么？我也不知道怎么会说出那样的话！卡罗尔很正常，她很平静地坐了下来，听了我的计划，我们讨论了她能够帮助我们的方法：让她妈妈住在这儿。帕金斯进来的时候我们就说到这里，他很严肃，告诉我们亚什莫尔的口信，还很困惑地说书房出事了，我们就一起去看是怎么回事。"

"当你发现是怎么回事的时候，你意识到没有必要私奔，也不会带来窘迫的经济状态了，是吗？"我问道。

"我自然是很快想到珍妮弗和我的未来不再一片灰暗，但在此之前我想到了很多其他事。对他们家来说真是可怕的悲剧。居然发生杀人这么卑鄙的勾当！没人能想到这种事会发生在自己家里。珍妮弗也被吓得够呛。我走进藏书室那一刻就发现她受了不小的打击。"

我说，他还没有解释为什么在我特地向每个人询问确切行踪时，他没有实话告诉我那天下午都去了哪儿。

"说实话，当你开始问大家问题的时候，我不禁在想——我猜大家应该都在思考——这件事是怎么发生的、是谁干的。我一直都置身事外，在珍妮弗的房间里，只有卡罗尔能说我确实在里面。你显然在怀疑我们所有人，我想要是我承认自己没有跟其他人在一起，你就会怀疑我，但是孩子们在大厅里跑来跑去，彩炮噼里啪啦响，大家在大厅和客厅间进进出出，没人会注意到我不在。我知道这听上去确实有点站不住脚，"他抱歉地最后说了一句，"可事实就是这样。"

我说："最站不住脚的地方是，温福德小姐可能已经无意间把你供出去了。你怎么能肯定她说的是实话呢？"

"你的确一针见血，每次都是，"切利顿用一种嘲笑的

口吻抱怨道，"我想我不得不承认，我告诉卡罗尔不要说
我们离开了大厅，她觉得这没什么问题。可怜的孩子，她
除了同意之外也无能为力，因为她没有机会争辩，她很聪
明，知道我们无论如何都要统一口径。"

他似乎并没有意识到，根据他的供述，他们一直在做
伪证，阻碍警方的调查，因为他们以为说自己在大厅比说
在珍妮弗的房间更好。虽然不是什么精彩的供述，但除了
说谎之外，也没有针对他的确凿证据。

* * * * *

与此同时，卢思顿已经搜查了用墙围起来的厨房花
园，花园紧挨着仆人休息区，连到珍妮弗房间的窗户那
边。花园的墙壁那侧有扇门可以出入，屋内靠近厨房也有
一扇门。花园里有一个盆栽棚和园丁用的其他外屋，都不
大可能是藏匿点，也没有从中搜出任何东西。

他搜了屋子周围的所有花园，发现从珍妮弗的窗户没
有直接通往停车场的路；除非从厨房花园和屋子后部穿
过，否则必须要从屋子的前门绕过，沿另一侧的小路走过
去。所以说如果一定要把圣诞老人的服装拿到亚什莫尔停
在停车场的车里，从书房窗户出去会比珍妮弗房间的窗户
更实际。

卢思顿确信他的人已经彻底搜查了所有可能的藏匿
点——即从屋子可近距离到达的场地——而后又开始考虑

亚什莫尔用车带走圣诞老人服装的可能性。这样，嫌疑又指向珍妮弗或卡罗尔了，因为除了家仆外，我们没发现其他任何人知晓亚什莫尔来过。菲利普·切利顿可能听珍妮弗说过，但她不太可能告诉其他人。

卢思顿还确定，除了波蒂珊小姐那台打字机之外，附近没有其他打字机了，如此一来，正如我们所担心的，我们也无从得知谁在星期二下午或更早的时间用过打字机。

他还听从我的建议，让人散布消息询问圣诞节前送到法莱克斯米尔的包裹。包裹是邮车送来的，走的是屋后的路，因为那条路更方便。邮局的人会去问，至于一个从道森服装店寄出的、装着第一次预订的圣诞老人服装的包裹到底有没有送到法莱克斯米尔，如果有送到，又是哪一天到的，是谁从邮差那里拿走了，他们不抱太大希望能给我们答案。送来的包裹太多，很多邮差是临时工，不认识各个宅子和住户，不大可能会给我们任何确定的事实，除非包裹在离手之前发生过什么不寻常的事。

当我们正重新审查当前形势时，珍妮弗从布里斯托回来了，我让人请卡罗尔来听她带来的消息。

她告诉我们说，亚什莫尔太太的表述含混不清，但很清楚的一点的是亚什莫尔当天一早就离开了，第一批便衣警察还没有登门拜访。她坚持说亚什莫尔太太真的不知道亚什莫尔为什么消失，还认为他再也不会回来了。

　　珍妮弗一说完，卡罗尔就激动地喊道："你们必须找到他！太可怕了！我们每个人都有责任！一定要找到他"

　　珍妮弗在讲述拜访过程时，我仔细观察着卡罗尔。她急切地坐着倾听，盯着珍妮弗的脸，咬着嘴唇。

　　"我同意我们必须找到他，"我严肃地对她说，"我们得知道他为什么要逃跑。"

　　卡罗尔一字一句地说："唯一的原因就是他不知道自己在做什么。他星期六接我们的时候母亲和我就看出来他快崩溃了。圣诞节那天珍妮弗知道他的情况。"

　　我们都看向了珍妮弗。"对，"她说，"只是很普通的圣诞礼物而已，可他居然那么感激。有人会那么低声下气地表达感谢之情，只是因为收到礼物，还被留下来喝茶，实在是很——很可悲。让我觉得很愧疚。他——他都快哭了。我后来有跟卡罗尔说。"

　　"听着！"卡罗尔说，"我什么都说，从头到尾，只要你让我们去找亚什莫尔。他应该是想按他自己的方式解决问题，如果我们立刻跟上他，说不定还能来得及救他。"

　　"能告诉我们要去哪里吗？"我问。

　　"可以！"珍妮弗自告奋勇，跟我们讲述了亚什莫尔太太颇为荒唐的想法，认为亚什莫尔去了廷特恩。听起来十分不可信。

　　"你看！说明他已经半疯了！"卡罗尔说，"要是你派警察去找他，不论是不是便衣，都会成为压垮他的最后一根稻草。现在听我说，我会把我知道的每件事都告诉你，或许你就会相信我了！"

我们于是坐下听了这个离奇的供述。珍妮弗似乎很不安，我看到她疑问的眼神，便示意她留下。

"首先，"卡罗尔说，"我从没去珍妮弗的房间拿过手提包。我跟着奥利弗·维特科姆离开大厅是因为我想到他会在仆人休息室看见亚什莫尔，发现没有给他的礼物时会问他是谁，还会告诉祖父。他是个很喜欢指手画脚的人，你知道，他很可能会管闲事。我跟着他跑了出去，虽然灯光很暗，但我发现他在过道里照镜子。我跟他说了亚什莫尔的事，还有祖父要是知道他在这儿会不开心，因为他没有邀请他来，还让奥利弗不要说出去。奥利弗一副一本正经的样子，说了一堆蠢话，什么违背祖父的意思是不明智的。我很不耐烦，就跟他说别那么无赖，别说在仆人休息室看见亚什莫尔就行了。奥利弗很严肃地抓着我的胳膊带我进了珍妮弗的房间，然后摘下了胡子和红帽子，不过显然忘了他脸上的两团红晕和白眉毛，这让他看上去像个大傻瓜。他好好教育了我一顿，认为听祖父的话是很重要的。说祖父很看重我，还暗示如果我好好表现，可能会从他的遗嘱里继承一大笔钱。我告诉他说为了算计别人的金钱而在他生前对他言听计从是很不道德的行为。然后他忽然感性起来，说他很欣赏我，不忍心看到我错失良机。他说：如果我对自己足够诚实，就不得不承认，有一笔钱能让我追求自己的职业，这对我来说很重要；我的态度很不屑，因为我不相信他。他说他知道自己在说什么，他没有跟其他人透露过一个字，只告诉了我，因为他很欣赏我。真是恶心！

"他还说了很多，我只能通过嘲笑他才能摆脱。我自然不知道他是不是真的了解什么东西。如果他知道，如果他说的是真的，肯定是因为钱才试图接近我。

"过后我听说祖父死了，在发生了这些之后出了这样的事，真是太可怕了。但我没想过奥利弗跟它有任何关联，因为我看到他进了仆人休息室。当然，他可能在圣诞树仪式一结束就杀了祖父，不过大家似乎都认为是更晚才发生的——因为彩炮的事情。

"你开始问话的时候，奥利弗找到我说，要是我把我和他之间的谈话告诉你，他的境地会很尴尬。他说这样会引发很多很棘手的问题，他恰好在那个时间点跟我说了那些纯属倒霉。珍妮弗和我不希望亚什莫尔被搅和进来，所以我让奥利弗不要说出亚什莫尔的事，向他保证如果他闭口不提，我也不会把他捅出去。我自然不希望被盘问他们的事，我没想过这件事会引起你的任何关注。

"差不多就是这些，还有就是奥利弗一去仆人休息室，菲利普就进来了。我看到奥利弗穿过走道后面的那扇门，然后就回珍妮弗房间了，因为说得很激动，想冷静一下。菲利普来找我，想单独跟我谈谈，就抓住机会跟我说了他和珍妮弗的计划，还有我能怎么帮到他们。我想你应该已经知道这些了吧？

"还有件事。我之前说彩炮拉响的时候奥利弗确实是在跟我聊天，因为我听到响声了，这是我撒的谎。是这样的，我知道他是从书房直接去的，因为我看着他从大厅走出来，还跟着他，但我们在珍妮弗的房间里没有听到任何彩炮的响声。我有些为难，因为我不想坦白我们在房间里，这样看起来像我们在说悄悄话，所以我谎称听到了彩炮响。我很抱歉。奥利弗也不得不承认了。要是他因此惹上麻烦，我也无能为力。我已经为他做了我能做的；比他应得的还多。现在为可怜的老亚什莫尔做些什么才是更重要的，想到我撒谎让你认为亚什莫尔可疑的部分原因是为了保护奥利弗的感受，我就特别恼火。"

她说到一半时，卢思顿到书房接电话了。我一直在观察珍妮弗。她听着卡罗尔的话，显得很焦虑，还有些厌恶，显然之前没听卡罗尔说过这些。看到这些年轻人就因为一些微不足道的原因撒谎或搪塞，之后又编出另一套说辞，还指望别人相信他们，我十分震惊。

卡罗尔站起来看着我们。

"好了，你能让我去找亚什莫尔吗？如果他能说出任何线索，我相信我会比你的任何警察问出更多信息，我也相信我能找到他。我从骨子里相信这一点。说真的，我没在开玩笑。派其他认不出他的人去也没什么益处。描述都没用。你自己知道的，根据警方给出的描述，你谁都认不出来；中等身高、面色红润之类的。要是拍张照片，他肯定至少比这老十岁，他现在看上去一团糟，整个人都废了，一点都不像几年前了。"

我从没见过像卡罗尔这样盛气凌人的人，为她想要达到的目标据理力争。我让她和珍妮弗先离开了，好跟卢思顿探讨目前的情势。

"我随时准备出发！"她走之前说，"我会开新光车，乔治的车也行，如果你不想派宾汉姆去的话。"

"无论如何，今晚谁都不许去，"我命令道，"大晚上去威河谷地①寻找一段失落的回忆？这太荒谬了。我会看着办的，不过得提醒你们不要试图偷跑，我会采取各种措施以防万一。"

跟随珍妮弗和宾汉姆坐新光车的人打来电话，卢思顿来找我报告了他的一段奇怪的供述。在卡罗尔口述的过程中，我的脑海中浮现出了凶手的新映像，似乎能对得上所有已知的事实。我把它摆在卢思顿面前，让他去确认几个

---

① 译者注：廷特恩位于威河谷地。

细节，就回德威布鲁克斯了。但愿那叠"作业"能为我这条新的证据链提供一些丢失的线索，如果肯尼斯真的花了一下午时间仔细研究那堆乱糟糟的手稿，应该能找到我问题的答案。

他的任务完成得很好，继续把他蒙在鼓里似乎有些不公，我就把所有能让事情串在一起的信息都告诉了他。

我们仔细斟酌之后，当晚我给法莱克斯米尔打了电话。跟卢思顿聊了一会儿之后，我让卡罗尔第二天早晨8点准备好，肯尼斯到时候会开自己的车去接她。我还安排了一个便衣探员坐在后座，但我没告诉卡罗尔。

"噢，谢谢你！谢谢！"她低声说，"但愿我们还赶得及。"

第二十章

廷特恩之行

肯尼斯·司道尔　书

托勒德一家人称我为"做客的玫瑰"（对，我没说错），他们十分周到地在星期六早晨把我从床上拖起，给我塞了营养早餐，7点半时就帮我收拾好整装待发了。早晨的那个时段还是阴沉沉的，天刚半亮，又湿又冷。在法莱克斯米尔的车道入口，我接上了便衣警员，他沉着脸坐进后座的角落里。

"没想到是敞篷车，先生！"他不开心地嘟哝着，裹紧了身上的毯子。

当我开车爬上陡坡时，卡罗尔已经站在房前的台阶上。看她穿着毛皮外衣，我松了口气。她看着那位不开心的乘客低声问我："他也来吗？"

得知他也要去，她奔回屋里，很快拿了件很大的旧皮衣出来，她很无礼地把皮衣扔给他说："你会用得着的！"

开车下坡时，她小声地问："他是谁啊？"

我告诉她说："是个探员，既然你问了，他的目的自然是要扮成普通人。"

"我知道，只是想确认一下。上校同意我跟你去的时候我很惊讶，现在我明白了。不过我没有不愿意把外套给他。那件是乔治的旧衣服，我经常借来穿。今天我借了珍妮弗的。对了，有件事要告诉你，虽然我们已经出发了，我不确定有没用。"

随后，她把珍妮弗在布里斯托回来的路上遇到的事告诉了我，这些话珍妮弗没告诉哈尔斯托克上校而后来告诉了卡罗尔——亚什莫尔太太指责宾汉姆的话和宾汉姆跟珍妮弗的解释。她说亚什莫尔太太尖声责备宾汉姆，在回来的路上宾汉姆停车跟珍妮弗说话，她于是移到前排座位，这些都被跟随法莱克斯米尔专车的人报告给了卢思顿，但我想这些新信息或许会有用，就在最近的电话亭停了车，给上校打了电话。卡罗尔很生气我们耽误了时间。

"我都快后悔告诉你了，"她说，"不过我向上校保证过要把所有知道的事都告诉他，我说了之后他就让我来了，所以我觉得这是个交易，隐瞒这件事不太对，不过珍妮弗真应该告诉他。"

"你这么快就想把实话都说出来了，转变得挺突然呀？"

"我最后觉得这是最好的做法，"她傲慢地说，"我们的确给自己惹了一些不必要的麻烦，就因为选择——虽然我们有十分充足的理由这么做。"

"话说回来，我不确定哈尔斯托克上校会接受这是个'交易'的说法。你还是不要告诉他了。"

"噢，当然不会。你似乎什么都懂！你不会是个警察吧？我看不出你是，除非你不是肯尼斯·司道尔，而是别人冒名顶替的。"

我对她说我的确是本人，也不是警察，只是因为认识上校多年，出于好心才为他办一些我自称的文书工作。

我们走主路前往格洛斯特①，在贝里沙先生允许的范围内全速前进。我认为这条路比在比奇力港坐船来得快，我不确定港口的船次信息，但"限速30"的标志让卡罗尔很压抑。

"是不是一定要遵守路标？这样我们永远都到不了了。为警察办事，又事关生死，就不能超速吗？"

我说："要是被拦下了，还得报上姓名、住址等信息，可能比限速更慢。"

我们默默前行了一段时间。我在思考前一天下午在法莱克斯米尔上校的书房里，依靠那堆手稿的帮助而临时想出的解决办法。上校和警察游离在一个线索迷宫中，一

---

① 译者注：前往廷特恩中途的一座城市。

下跟这条，一下又跟那条，却又不知道哪条通向最终的答案，哪条是死路。我自己倒不用操心这些误导人的细节，便得以自己从头思考，并写下几个问题，列出谁在案件的不同阶段掌握了必要的信息和必须的机会。这又引出了另一个问题，是谁在后面几个阶段放了个烟幕弹。如果一个名字能回答前两组问题和最后一个问题，那案件就解决了。

哈尔斯托克上校星期五晚到家后，我为他设了个小圈套，让他把我不知情的事实一五一十都告诉了我。上校以为是自己得出了我的结论，还十分自得。这倒也无妨，因为需要做的还有很多，如果他相信是自己想出的办法，他也能带着更大的热情去找出最后的细节。这是个精心计划的案子，但还要取决于今早的一两个试验能否成功，我不禁担忧起来。

进入格洛斯特时，集市日的牲畜、商贩和车辆开始拥上街道，不过9点前我们就穿过市镇，来到通畅的切普斯托路上。

卡罗尔忽然问："你介意我开一下你的车吗？我没有开过这种，不过我开得挺好，很有经验。"

"我不介意让你试，要是你开得不好就再换我来。可是你开会更慢吗？你不是老想开快点吗？"

"我是想开快，"她说，"过五分钟我应该就不会比你

慢了，我也不想干坐着。我好担心。能开会儿车会让我平
静许多。"

　　让人惊讶的是她显得很镇定。也许除了声音里的一丝
压抑之外，没人猜得出她正饱受焦虑的折磨。这让我确信
了她的诚心——她并不只是渴望驾驶一辆马力强大的车。
我让她换了座位，注意到后排乘客痛苦而怀疑的表情，对
他点点头让他不用担心。她开得很好。开车是一种乐趣，
卡罗尔了解它的每个点，用娴熟的技巧让它发挥出了所有
的魅力。我在副驾驶放松了下来。

　　她专心开了一会儿之后忽然问："你能告诉我上校到
底为什么让我来吗？我知道其实并不是个交易。"

　　"那作为回报，你能告诉我你为什么这么担心亚什莫
尔，觉得必须要去找他吗？我不想暗示你没有说出所有实
情，可能还有我不知道的事。"

　　"没有什么明确的原因，"卡罗尔缓缓地说，"我没有
隐瞒任何能帮助你理解案情的事实。听说他离家出走之
后，我就想到出了可怕的事。上星期六母亲和我见到他
之后我一直很担心他。他看起来整个人都垮了，对生活
完全失去了控制。你想想，在离开法莱克斯米尔前他有一
份稳定的工作，他很不习惯现在只有一份勉强糊口的生
计。出事之后，他受不住压力。报纸上经常能看到水中捞
出尸体，被判定是因为*一时想不开而自杀*的消息，背后发

生的就是这种事。这个被艰苦的生活和朝不保夕的工作深深困扰的人，会因为一个荒唐的怀疑而最终失去平衡——因为他一离开法莱克斯米尔祖父就遇害，他肯定跟案子有关联。"

她对情况的总结似乎不无道理。像卡罗尔这么年轻的人能对血淋淋的事实有这么深刻的见地，着实令我惊讶。

"我们送了他圣诞礼物，给他吃了顿美食，让他感受到一时的舒坦，但对他的帮助并不大。我们没有做任何事情去解决他的主要问题。我很担心，不想让他更加失望。可我不认为上校认可我的观点。"

"我不这么认为，"我对她说，"你来这里的真正原因是我们相信亚什莫尔也许能告诉我们重要的线索，而你认得他，能安抚他，能说服他把知道的都告诉我们。"

"你不会认为他做了什么见不得人的事吧？"她很快问道。

"我很确定没有。我觉得如你所说，最终让他失去平衡的是一个被别人栽赃的恶毒行径，我很想揪出是谁。"

在切普斯托，我们开始四处打探。卢思顿在前一晚已经散布了消息和指示，当地警方已经发现一个男子的行踪，可能会是亚什莫尔。那人周五下午坐火车到这里，问去廷特恩的路。一个好心的行李员很同情这个瘦弱的老头，劝他喝了杯茶，吃了三明治，想帮他付了钱。但老人拿出了钱，坚持自己付，还说钱对他来说已经没用了。行李员"觉得他看上去不太好"，但他神志清楚，虽然有些恍惚，就给他指了路。除此之外没有别的消息。

"你们没有——没发现——河里有什么东西吧？"卡罗尔问提供消息的警长。

"你是想问有没有尸体吗，小姐？噢，没有！就算是尸体也不会这么快浮上来。倒不是我自己在这方面有经验；这条河没什么人来跳，这条不会。"

我们缓缓开上威河谷地。河边斜坡上光秃秃的树滴着水，河水迎着我们向下流淌，浓得像汤汁一样。最终，我们转过拐角，看到了灰暗残破的修道院遗址，矗立在河畔的绿色台地上。我们都毫无来由地期盼一看到修道院就会有什么发现，但这里的河谷就像之前的路途一样空旷得凄惨。于是我们继续缓慢前行。我回到驾驶座，好让卡罗尔更方便下车询问偶尔路过的旅者，却问不出任何有用的信息。

正当我们快要急疯了的时候，卡罗尔看向一处湿软的草地倒吸一口气说："慢点，慢点！噢，应该是他！在那里，对。噢，停车！别大喊，别做任何突然的举动。留在这儿就好，让*他*也待在这儿——"她的头向后一摆，告诉我们的后排乘客，"我去跟他谈谈。"

我们看着她穿过大门，在湿软的草地上深一脚浅一脚地走向河岸边一个静止的、像枯树一样的身影。

我们的尼波利警探很着急，他跟着卡罗尔过了马路，站在大门边，躲在树篱后她看不见的地方。我们看着她轻轻走向了那个身影，那个身影忽然一动，踉踉跄跄地扎进水里。卡罗尔立刻抓住了他的胳膊，使出浑身力气把他往后拖。这时尼波利已经穿过大门，吧唧吧唧地跑过草地。我跟上前，直到穿过大门才又看到他们。还是三个人，尼波利在一大片湿软的草地中央，另外两人摇摇晃晃地站在湍急的河水边。没等我靠近，尼波利已经救下了他们，亚什莫尔无力而绵软地站着。他颤抖得厉害，眼里满是惊恐。

"让我去吧！"他央求着，声音很轻，"你们不明白。你们不用拉我。我昨天就应该跳的，可我做不到。"

卡罗尔因为用力而喘着粗气，脸色煞白而惊恐，但现在她站在亚什莫尔跟前，缓慢而清晰地对他说：

"亚什莫尔，你不认得我了吗？我是卡罗尔·温福德，卡罗尔小姐。你肯定记得。听我说，这是个天大的误会。你不用担心，你什么都没做错，不用逃跑，没有人在追查你。"

"啊，小姐，你不明白。这不是我的错，可我还是逃不过警察。你不知道。"

"我*知道*的，"卡罗尔坚定地说，"发生了这样的事我很遗憾，看到你这么伤心我也很难过，但现在已经没事了，我们这就带你回家。”

“他们会在那里等我的！”老人并不相信。

“不会的。你一点都不用担心。”

他将信将疑，但看我们的眼睛里多了一分理智和惊讶。

“站在这么湿的地方我的鞋都进水了，我们到马路上去吧。”卡罗尔实事求是地说。亚什莫尔由尼波利小心带领着，跟我们一起朝场地大门走去。我想起托勒德的厨子让我带了一保温瓶咖啡，还加了其他让人恢复生气的东西，我赶在前头倒了一些在杯子里。

我们把瑟瑟发抖的老亚什莫尔扶进车的前排，说服他喝了饮料。

尼波利建议说：“依我看，咱们尽快回切普斯托，到最好的酒店去，定一个私密的房间，带火炉的，再点些吃的。”

卡罗尔上了车，坐在尼波利旁边。他一直很低调，又在关键时刻发挥了作用，卡罗尔对他没有那么厌烦了，在驱车驶离低谷的时候两人似乎在说着什么悄悄话。

卡罗尔进了酒店，为我们安排接待。亚什莫尔充满疑虑地看着这栋楼。

“这间酒店很好，”我跟他说，“我们都需要暖暖身子。"

"我连河水都没碰到，"他虚弱地说，"我不知道，也许那一跳能让我解脱。"

不知是因为卡罗尔的魅力还是因为被她威吓，酒店女经理安静地领我们进了一个房间，里面生着熊熊燃烧的炉火，还保证不会有人来打扰。没过多久她就为亚什莫尔送了汤来，还有饼干和酒水。他很困难地咽着食物，大口喝了些白兰地。尼波利和我离远了一些，让卡罗尔去应付亚什莫尔。

她问："亚什莫尔，你现在能不能告诉我，到底是因为听了什么话才让你逃跑的呢？我很想把误会解释清楚，但如果不知道是怎么回事，我就无法解释。"

"这有些尴尬，小姐，因为我没打算说，别人肯定也是出于好意——"

"你现在需要告诉我们了。我们需要知道。"

"说了应该也没关系。我有点迷糊，不能很好地判断，不过要是你说没关系的话。是宾汉姆，小姐——他是个正直聪明的小伙子——他那天晚上来我家——是什么时候来着？今天星期几？"

"星期六早晨，"卡罗尔跟他说，"你应该是昨天下午，也就是星期五到廷特恩来的。"

"对，'廷恩'。我想再看一眼那个地方，但跟以前不太一样了。我记错了河的样子，真正做起来比想的要难。来这里之前我去了吊桥，可我做不到。跳下去实在太高了，小姐。"

"所以你是星期五下午到这儿，"卡罗尔把他带回刚才的话题，"那宾汉姆是什么时候去你家的？"

"星期四晚上。对。他说不要告诉别人，因为他是违抗了命令来的，他说我应该会想知道法莱克斯米尔出的事。他说奥斯蒙德爵士头部中枪死了，是谋杀。小姐，你是要跟我说，这是个误会吗？"

"不是，这件事是真的，但某个地方确实有误会。把剩下的跟我说说吧。"

"听到这个消息我真的太伤心了，小姐。那么体面的人居然就这么走了。宾汉姆跟我说他是被穿着圣诞老人服装的人杀害的，他们不知道是谁。我不知道怎么回事，不管这人是谁，他穿的衣服被放在我车里了，宾汉姆说的，就在车停在法莱克斯米尔后院的时候，让我带走了，所以他们没找到，他告诉我说警察知道情况，会来找我，要是我跟他们说我什么都不知道，他们会信吗？'怎么可能会！'宾汉姆说——抱歉，小姐，我一直重复这个话。我被吓坏了，就跟宾汉姆说，'车里什么都没有，'我说，'我今早开出去了，什么都没看到，而且就算东西不知怎的跑到车里了，别人怎么会知道？''*他们*知道！'宾汉姆说，'那些警察什么都知道，有指纹什么的。要是他们看到那个人，不管是谁，在圣诞节深夜去你车库把东西拿走，我一点也不觉得奇怪。告诉我，'他说，'那天晚上回来之后你有查过车里吗？'小姐，我当然不会那么仔细看后座。"

"可你真的认为东西曾经被放在那里吗？"亚什莫尔停了一会儿，卡罗尔问道。

我很快插了一句："我确定东西不在那儿。其实，衣服已经在一个很不一样的地方被找到了。"我希望这个大胆的假设能被证实。卡罗尔惊讶地看了我一眼，但什么都没说。

"好吧，宾汉姆好像知道，"亚什莫尔不确定地说，"他很肯定，他说都是我的问题，除非我马上离开，永远不回来。他说，如果你是杀人犯的帮凶，在警察眼里就跟杀了人一样，谁会相信你带着东西开车离开法莱克斯米尔而且什么都不知道？我真的吓坏了，我等了一晚，警察没来，可是宾汉姆说可能警察不会马上来，而是先观察和等待，虽然你从来见不到他们，然而时间到了他们就来了。我再也受不了了，就走了，什么也没跟我老婆说，但愿这样对她最好。"

"你走了她很担心你"，卡罗尔说，"她没事，艾达也很好。我们得尽快送你回去。非常确定的一点是，东西从来都不在你车里，也没有人认为东西在那儿，你什么都不用怕。"

　　卡罗尔找热心的酒店女经理借了几条厚毯子，女经理似乎认为我们找到了一位失散多年的亲戚，与此同时我去拉起了车的顶篷，后悔没开乔治的老轿车来。尼波利找了台电话，给卢思顿警督打了个长途。此时已经11点半左右了。我们用毯子把坐在前排的老亚什莫尔像婴儿一样裹好，赶回法莱克斯米尔。

第二十一章

最后的搜查

哈尔斯托克上校　书

　　葬礼在星期六一早举行。送葬队列从公园的私家门口走到边上的小教堂庭院，这样亲属就不用离自己的地盘太远。教堂里坐满了村民、家人和庄园的仆人。几个敬业的记者不知道葬礼的时间，但猜到了日期和地点，早早地就到了，得以看到仪式。仪式过程中发生了一起打人事件，一名摄影师爬上教堂庭院的墙，想拍几张家属照片，奥斯蒙德爵士的一位猎场看守人把他拽了下来。除此之外一切都进行得很安静。

　　队列一离开车道，一小队警察就在卢思顿的指示下开始对停车场周围的外屋进行第二次全面搜查。这一次他们没有寻求宾汉姆的帮助，他去参加葬礼了，但他们找到了寻找已久的东西。装扮的衣服被卷在一个口袋里，整整齐齐地放在一堆木块中间。

"真是不可思议！"米尔警员说，"我们查过那堆木块！我敢说里面连只死老鼠都不会有，更不用说圣诞老人的衣服了！"

其实宾汉姆在搜查这个部分的时候帮了大忙。他说，据他所知，那堆木块已经原封不动地保持至少一个月了，不过还是最好仔细查看一下。他自己还搬起木块看，米尔记得，搬到一半的时候注意力就被转移了。宾汉姆说他们该看看另一个角落里几箱很沉的土豆后面，米尔就去帮忙挪箱子了。宾汉姆则继续搬木块，虽然当米尔回来时他没有搬到最底下，两人还是一起结束了工作。宾汉姆说他们不用把木块放回去，他们就让木块那么放着，让宾汉姆在搜查过程中堆好。

卢思顿把战利品拿到屋后的"暗室"——那间被医生用作停尸房、已经弃用的乳品场。检查时他发现服装是完整的，就差一对眉毛。衣服不仅完整，还在一只袖子里夹着一张折好的纸，上面写着：

若想知道你某位家庭成员的秘密，于圣诞节下午3:30至4:30到书房来，我将如实告知。

好心人上

"好心人！好像之前听过这个名字！"卢思顿把纸给

我看的时候说，"这人显然是在奥斯蒙德爵士的口袋里发现了这张诱饵，怕万一来不及销毁，被人从身上搜出来，就把它藏到这儿了！"

从葬礼回来后，我得知了这个消息，当时一家人聚在藏书室，听克鲁肯宣读遗嘱。他们中还没有人知道圣诞老人的衣服被找到了。我能想象他们所有人紧张地坐在椅子上，近视的克鲁肯凑近了文件，然后抬起头，从他的长鼻子上看着底下的众人。

当他们心里的石头落了地，大多数人暗自庆幸自己分得的部分没有太糟糕时，遗嘱执行人之一乔治和克鲁肯在书房跟波蒂珊简短地聊了一会儿。她听到自己会分得一千英镑时很开心。

"我真的完全没想到！真是——奥斯蒙德爵士能把我看得这么重要真是太善良了。我从来没想过，虽然哈利·宾汉姆说过我应该会得到一些钱。我或许不该提这件事，当时也从没有把他的话放在心上。不过这笔钱来得真是时候，因为哈利·宾汉姆和我订婚了。我想您应该不会再需要我了吧，乔治爵士？你知道任何东西都抚平不了奥斯蒙德爵士的死带给我的悲伤，我也从没想过会遇到比他更感激员工的雇主，知道他还记得我是一件很美好的事。整理奥斯蒙德爵士的生意文件时如果还有任何我能帮上忙的地方，我很乐意——我的意思是，这纯粹是出于我的好意——"波蒂珊小姐窘迫地红了脸，急急忙忙地继续说——"他留下的所有东西都放得很有秩序，应该不会有任何问题。他一直都那么严谨，事情办妥之前绝不会搁置。太有条理了！我真的特别遗憾，乔治爵士！"波蒂珊小姐说完便跑开了。

"我对那姑娘说了不大中听的话，"乔治说，"我的上帝！真为她感到遗憾——如果您是对的话，上校！"

乔治和克鲁肯回藏书室和其他人会合了。乔治停了一会儿，半开着连通门问我接下来的计划时，我听到梅尔布里小姐尖酸地说奥斯蒙德很吝啬，他一直都很吝啬，可他竟把她和贴身男仆还有司机划为一类，还不如一个秘书，真是太过分了！她不会动他一分钱！

我也为波蒂珊小姐感到遗憾。看到她得知自己能继承遗产之后，对乔治说了那一番傻话，然后跑去告诉未婚夫的兴奋的样子，我从未如此欣赏她。我不喜欢我们实施的计划，因为卢思顿确信它能为我们带来缺失的证据。如果我知道我们会以其他方式找到东西，我绝不会同意他的计谋。

我进了大厅站着看报纸。约1小时15分钟后，波蒂珊小姐从后面的门进来了。我从余光看到她很犹豫，看了看四周，然后慢慢朝我走来。她看起来很纠结。

"哈尔斯托克上校，我能跟您谈谈吗？我——我不知

道该怎么办。这事挺烦人的。我——我本来很高兴；我是
说，大家的心情还是很沉重，但能得到这样一笔意外之财
我还是挺高兴的。是这样的，哈尔斯托克上校，哈利·宾
汉姆说遗嘱肯定是搞错了。他特别激动，让我有些害怕。
他说我必须在克鲁肯先生离开前找他谈谈。我不太想去找
他，他应该还在和乔治爵士还有其他人聊天，可哈利说我
必须在他走之前找他谈谈，因为他认为拿的遗嘱不对。他
很肯定奥斯蒙德爵士立了另一份遗嘱，留给我的数额——
嗯，比克鲁肯先生说得多很多。我想说清楚的是，我已经
很满意了，以为哈利会很高兴，可他特别认真。哈尔斯托
克上校，您能给我些建议吗？"

我问她宾汉姆有没有说他为什么相信有另一份遗嘱。

"他没说，但看上去很肯定。哈尔斯托克上校，我觉
得有可能是奥斯蒙德爵士跟他说过这件事。奥斯蒙德爵士
跟他谈论在做的生意也不是没有可能，当然是以比较委婉
的方式。他自然会把奥斯蒙德爵士说过的话视为秘密，不
会跟其他人说。他刚刚跟我说不要对其他任何人提起这个
事，除了克鲁肯先生，因为很机密，可我认为应该问问您
的意见，哈尔斯托克上校？但愿我这么做是最合适的？看
起来很不知好歹，可我向您保证，我并不是那个意思。"

我告诉这姑娘说宾汉姆应该是搞错了，甚至跟她说了
奥斯蒙德爵士确实打算修改遗嘱，但并没有真的修改。我

向她保证会跟克鲁肯说，并建议她待在自己的房间等我的回复。

随后我听到电话铃响了。波蒂珊小姐本能地朝书房走去接电话。我告诉她不用接，应该是找我的，她就上楼去了。我在书房找到了卢思顿，他正在听电话里尼波利给他的报告。

随后我们去找宾汉姆，发现他在车库楼上的小公寓里。我们悄悄走了进去，卢思顿走在最前面，看到他坐在椅子里咬着指甲，表情相当可怖。我们瞥到一眼他的这个表情，他就跳起来面对着我们。两位警察走上前，给他铐上手铐，而卢思顿指控他杀害奥斯蒙德梅尔布里爵士，并跟他说了惯用的警告。

"肮脏的谎言！"宾汉姆厉声说，"肮脏的谎言，我能证明！我有不在场证据！别想推翻一整个仆人休息室的证词！我知道你们的目的；噢，我清楚得很！你们想把那姑娘应得的东西骗走！我会揭穿你们的！别以为把我抓起来我就不能说话了。警告我？证据——我会给你们证据！"

警察把他带走了，并立刻搜查了他的房间。我们搜了很久，都以为不会有什么收获，但米尔警员被木块堆的事情刺激到了，决心要恢复自己作为一名尽职尽责警察的名誉，不会放过任何物件。他的一丝不苟有了回报，在宾汉姆驾驶专用手套的一根手指里找到一张揉皱的脏兮兮的纸。结果是奥斯蒙德爵士写的另一张遗嘱修改草稿。这张明显比维特科姆偷去的那张写得早，八分之一、六分之一和四分之一几个数字被涂涂改改，但*"格蕾丝·波蒂珊——10000英镑；即1/16"*这句写得很清楚，还加了下划线。我们猜测是奥斯蒙德爵士在车里写完之后扔到了地上，被宾汉姆捡走了。他竟然这么相信这张纸上的内容就是遗嘱的最终条款，不过也有可能奥斯蒙德爵士对宾汉姆提过遗嘱的事，甚至说过他打算给波蒂珊小姐留下一笔可观的财富。

宾汉姆自然不能毁掉这张在他看来是实质性证据的纸——能娶一位继承人的机会。无疑，他每次开车手指碰到这张纸时都扬扬自得。

* * * * *

看着宾汉姆和押送他的警察离开后，我去告知家属说调查结束了。众人表情各异，有惊愕、有愤怒、有不安，能看出他们现在才发现奥斯蒙德爵士对遗嘱有过暂时的修改。只有珍妮弗一副事不关己的样子。她懒洋洋地斜靠在一张靠近门口的大扶手椅里，头无力地向后靠着，悲戚地盯着天花板。

我公布了消息，看到她坐了起来，身子前倾，在我开始说话时抓住了椅子。她惊得目瞪口呆，随后放松下来。环顾四周，我看到这个令人惊讶的消息渐渐让其他人在脸上展示出了不同程度的解脱。

"我的天！宾汉姆！"乔治倒吸了一口气。

"我一直都不信任那个人！"梅尔布里小姐说，"奥斯蒙德看不出一个人的品性。"她傲慢的目光看向了我，"看来我们得谢谢你了，哈尔斯托克上校，罪犯这么久都没抓到，现在*总算*能让人安心了；我们必须感谢你，至少我们都还活着。*想想凶手还在房子里四处走动，一家手无寸铁的女人和孩子们都任其摆布！*"

"我说，米尔德里姑妈，别那么夸张！"乔治不以为然，"我是说，有我在，还有切利顿和其他人——"

珍妮弗已经站起身，默默地朝门口挪动。我帮她开了门，看到切利顿急切地往大厅另一侧走去。珍妮弗一走到门口就飞奔了出去，我忍不住看着她朝切利顿跑去，不顾一切地和他拥抱在一起。

后 记

哈尔斯托克上校　书

　　我根据要求，在"作业"的帮助下于星期五下午写下了肯尼斯·司道尔列出的问题，以及答案所指的杀害奥斯蒙德·梅尔布里爵士的凶手。多亏了肯尼斯列出的证据，才能让我确定我得出的结论。有人会发现其他几个名字也能回答其中的几个问题，但只有一个名字能对得上所有问题。

知情人

　　1.谁知道奥斯蒙德爵士去找克鲁肯讨论新遗嘱的时间？

　　宾汉姆，他开车送他去的。

　　2.谁至少在圣诞节前的星期六知道了圣诞老人计划？

宾汉姆，他后来跟波蒂珊小姐提过，得知消息后便放弃了原先和她请假一天的计划。

时机

1.如果第一套圣诞老人装扮在预计的星期六早晨或迟一天送到，谁在场截住了包裹？

宾汉姆。他可能在后门截住了包裹。

2.谁能不动声色地了解圣诞老人计划，并在第一时间知晓收到了第二套服装？

宾汉姆，通过波蒂珊小姐得知。

3.谁有机会在星期二下午使用打印机？

宾汉姆，他当时在书房隔壁的藏书室整理圣诞树的灯。

4.谁有机会从维特科姆的房间拿到他的一只手套并藏在藏书室？

宾汉姆，在星期四午饭时间帮忙抬尸体上楼时。他没有必要把手套藏在藏书室；只要说是在那里找到的就可以。

5.谁有机会在杀人之后把圣诞老人的服装从房子里带走？

宾汉姆，他把衣服放在垫子下，星期四下午载我去布里斯托前从房子里带走。

企图施放虚假信号

1.谁暗示是亚什莫尔把衣服带走了，企图转移搜查方向？

宾汉姆。

2.谁在第一次搜查外屋时阻止了衣服被搜出？

宾汉姆，他很热心地为警察提供了帮助。

3.谁把亚什莫尔吓跑，试图栽赃给他，甚至使他有可能自杀？

宾汉姆。

我们直到星期六才确定了最后两个问题和答案的真实性，不过即使在找到服装和亚什莫尔的供述之前，我们也已经有了间接证据。至于宾汉姆知晓奥斯蒙德爵士遗嘱的内容的事，有一种可能是奥斯蒙德爵士跟秘书说过，他所有的家人都觉得他说过。这样一来便很难认定波蒂珊小姐完全没有串通的嫌疑。她在圣诞节的叙述中无意供出了宾汉姆，暗示了她的无辜，我很欣慰地说她的无罪证明完全成立了。

宾汉姆之前被排除嫌疑是因为他有不在场证明。有充分的证据证明他在维特科姆之前到了仆人休息室，假设维特科姆是直接过去的，宾汉姆就不可能作案。可后来我们发现维特科姆在路上磨蹭了一会儿，还去了珍妮弗的房间，正好给凶手留了一条经过道至楼梯下的橱柜、再从那里去仆人休息室的畅通之路。搪塞之辞拖延了找到证据的时间，正好给宾汉姆提供了不在场证明。草率的行为和假话带来的谜团令人迷惑了一段时间，当真相浮现后，宾汉姆的不在场证明就不攻自破了。

圣诞树亮灯仪式结束，所有人都走了之后，宾汉姆急着让波蒂珊小姐离开藏书室，没人知道他在里面待了多久。要是维特科姆直接去了仆人休息室，宾汉姆被问到为何来晚了，他无疑会辩解称自己一直在忙着弄电灯以试图建立不在场证明。

我认为他是依靠打开的窗户这一条假线索来大做文章的，声称是某个外部侵入者作的案，引起大家一片猜疑，在这过程中他或许盼望着能把衣服带出房子，并把它丢在逃犯可能会脱下衣服的地方。

宾汉姆是个自负的小人。他自认为波蒂珊小姐随时准备投入他的怀抱，便狡猾地在杀人前没有要她答应嫁给他，而是案发后在别人看来还没来得及知晓她是继承人时立刻求婚。他显然很确定她在得知自己得到一大笔财富后不会抛弃他。

他自不量力，迫切地想要防止圣诞老人装被发现，不仅让亚什莫尔背上了嫌疑，为了确保嫌疑永远无法洗清，还试图逼得老人自杀。看出这个丑陋的伎俩时，我对宾汉姆的任何怜悯都烟消云散了。

当梅尔布里家所有人、菲利普·切利顿，甚至维特科姆都道出了真相，也摆脱了跟案件的任何牵扯后，我感觉像是洗脱了自己共谋作案的嫌疑一样。依照目前的调查来看，就连戈登·斯蒂克兰关于绿宝石的奇怪说法都是真的，艾琳娜最后得到了宝石，戴着也十分好看。

结果证明，肯尼斯坚信维特科姆心里没有恶意就不会来法莱克斯米尔参加圣诞聚会是错的。肯尼斯告诉我说他有很长时间都在怀疑维特科姆手中握着勒索奥斯蒙德爵士的把柄，可是我们完全没有查出这类信息。我相信事实其实很简单，维特科姆过于自满，从没意识到自己有多不受人待见。我想过他会不会猜到奥斯蒙德很喜欢卡罗尔而决定放弃追求珍妮弗，转而去追卡罗尔。可我没机会去确认这一猜想。

希尔达可能是奥斯蒙德爵士的所有子女中真正缅怀他的人了，不过她和卡罗尔都在享受财富带来的愉悦，卡罗尔也即将在秋天开始上建筑学的课程。

至于迪迪，她应该会至死不渝地陪伴丈夫，我很钦佩她的勇气和同情心。我想她已经静下了心，现在会更开心一些了，因为她不再期待有什么会来解脱她的束缚，她现在意识到是自己抓得太紧，只要愿意就能剪断。对于奥斯蒙德爵士给新遗嘱做的笔记，她是这么跟我说的：

"他是对的，我只值那么多，可能还太多了。卡罗尔值得拥有更多，会更好地利用这笔钱。不过卡罗尔觉得她和希尔达已经有够多钱了，不需要再拿钱。她坚持认为父亲是一时兴起才会写下那些笔记，并不是真的那样打算。我可不会被她糊弄。卡罗尔很善良，她可以很轻易地让我难受，我也不会假装否认自己得到这笔钱很高兴。我会尽量谨慎地花这笔钱，这样对卡罗尔才公平。"

乔治已在法莱克斯米尔住下，梅尔布里小姐则住在庄园门口的寡妇小屋。她热衷主持八卦讨论，说自己是如何一早就预见圣诞聚会的麻烦；她总是提醒奥斯蒙德不要讨论太多自己的事；发生"那件可怕的事"时，她一*眼*就看出"我们中绝不会有人"跟案件有*任何*关联；其实她很能判断人心，能很快看出谁有罪，要不是她及时透露的线索，犯人永远都抓不住。

梅尔布里家人之间有一个心照不宣的共识——圣诞节期间他们再也不会在法莱克斯米尔举办家庭聚会了。

完

图书在版编目（CIP）数据

圣诞老人疑案 / (英) 梅维斯·多里尔·海著；邓宁欣译.
— 北京：中国青年出版社, 2019.7

书名原文：The Santa Klaus Murder

ISBN 978-7-5153-5709-6

Ⅰ.①圣… Ⅱ.①梅… ②邓… Ⅲ.①长篇小说—英国—现代 Ⅳ.①I561.45

中国版本图书馆CIP数据核字（2019）第148395号

责任编辑：彭岩　刘晓宇

*

中国青年出版社 出版　发行

社址：北京东四十二条21号　邮政编码：100708

网址：www.cyp.com.cn

编辑部电话：（010）57350407　门市部电话：（010）57350370

北京中科印刷有限公司印刷　新华书店经销

*

889×1194　1/32　8.75印张　154千字

2019年9月北京第1版　2019年9月北京第1次印刷

定价：42.00元

本书如有印装质量问题，请凭购书发票与质检部联系调换

联系电话：（010）57350337